图书在版编目(CIP)数据

天上的恋人 / 东西著. — 太原：北岳文艺出版社，2019.1

ISBN 978-7-5378-5680-5

Ⅰ. ①天… Ⅱ. ①东… Ⅲ. ①中篇小说—小说集—中国—当代②短篇小说—小说集—中国—当代 Ⅳ. ①I247.7

中国版本图书馆 CIP 数据核字(2018)第 210685 号

书　　名	天上的恋人
著　　者	东　西
出 品 人	续小强
策　　划	左树涛
责任编辑	左树涛
书籍设计	张永文
印装监制	巩　璠
出版发行	山西出版传媒集团·北岳文艺出版社
地　　址	山西省太原市并州南路 57 号
邮　　编	030012
电　　话	0351-5628696(发行部)
	0351-5628688(总编室)
传　　真	0351-5628680
网　　址	http://www.bywy.com
E - mail	bywycbs@163.com
经 销 商	新华书店
承 印 者	山西人民印刷有限责任公司
开　　本	787mm×1092mm　1/32
字　　数	150 千字
印　　张	6.375
版　　次	2019 年 1 月第 1 版
印　　次	2025 年 1 月山西第 2 次印刷
书　　号	ISBN 978-7-5378-5680-5
定　　价	49.80 元

目录

没有语言的生活

王老炳和他的聋儿子王家宽在坡地上除草，玉米已高过人头，他们弯腰除草的时候谁也看不见谁。只有在王老炳停下来吸烟的瞬间，他才能听到王家宽刮草的声音。王家宽在玉米林里刮草的声音响亮而富有节奏，王老炳以此判断儿子很勤劳。

那些生机勃勃的杂草，被王老炳锋利的刮子斩首，老鼠和虫子蹿出它们的巢四处流浪。王老炳看见一团黑色的东西向他扑来，当他意识到撞了蜂巢的时候，他的头部、脸蛋以及颈部全被马蜂包围。他在疼痛中倒下、叫喊，在玉米地里滚动。大约滚了二十多米，他看见蜂团仍然盘旋在他的头顶上，像一朵阴云紧追不舍。王老炳开始呼喊王家宽。但是王老炳的儿子王家宽是个聋子，王家宽这个名字对王家宽形同虚设。

王老炳抓起地上的泥土与蜂群做最后的抵抗，当泥土撒向天空时，蜂群散开了，当泥土落下来的时候，马蜂也落下来。它们落在王老炳的眼睛、鼻子和嘴巴上。王老炳感到眼睛快要被蜇瞎了。王老炳喊，家宽，快来救我。家宽妈，我快完蛋啦。

王老炳的叫喊像水上的波澜归于平静之后，王家宽刮草的声音显得愈来愈响亮。刮了好长一段时间，王家宽感到有点儿口渴，便丢下刮子朝他父亲王老炳那边走去。王家宽看见一大片肥壮的玉米秆被压断了，王老炳仰天躺在被压断的玉米秆上，头肿得像一个南

电影《天上的恋人》剧照

瓜，瓜的表面光亮如镜，照得见天上的太阳。

王家宽抱起王老炳的头，然后朝对面的山上喊，狗子、山羊、老黑……快来救命啊。喊声在两山之间盘旋，久久不肯离去。有人听到王家宽尖厉的叫喊，以为他是在喊他身边的动物，所以并不理会。当王家宽的喊声和哭声一同响起时，老黑感到事情不妙。老黑对着王家宽的玉米地喊道，家宽……出什么事了？老黑连喊了三声，没有听到对方的回音，便继续他的劳动。老黑突然意识到家宽是个聋子，于是老黑静静地立在地里，听王家宽那边的动静。老黑听到王家宽的哭声掺和在风声里，我爹他快死了，我爹捅了马蜂窝快被蜇死了……

王家宽和老黑把王老炳背回家里，请中医刘顺昌为王老炳治疗。刘顺昌指使王家宽脱掉王老炳的衣裤。王老炳像一头褪了毛的肥猪躺在床上，许多人站在床边围观刘顺昌治疗。刘顺昌把药水涂在王老炳的头部、颈部、手臂、胸口、肚脐、大腿等处，人们的目光跟随刘顺昌的手游动。王家宽发现众人的目光落在他爹的大腿上，他们交头接耳像是说他爹的什么隐私。王家宽突然感到不适，觉得躺在床上的不是他爹而是自己。王家宽从床头拉出一条毛巾，搭在了他爹的大腿上。

刘顺昌被王家宽的这个动作蜇了一下，他把手停在病人的身上，对着围观的人们大笑。他说，家宽是个聪明的孩子，他的耳朵虽然听不见，但他已猜到我们在说他爹，他从你们的眼睛里、脸蛋上猜出了你们说话的内容。

刘顺昌递给王家宽一把钳子，暗示他把王老炳的嘴巴撬开。王家宽用一根布条，在钳口处缠了几圈，然后才把钳子小心翼翼地伸进他爹的嘴巴里，撬开他爹紧闭的牙关。刘顺昌一边灌药一边说，家宽是个细心人，我没想到在钳口上缠布条，他却想到了，他是怕他爹痛呢。如果他不是个聋人，我真愿意收他做我的徒弟。

药汤灌毕，王家宽从他爹嘴里抽出钳子，大声叫了刘顺昌一声师父。刘顺昌被叫声惊住了，片刻之后才回过神来。刘顺昌说，家宽，你的耳朵不聋了，刚才我说的你都听见了，你是真聋还是假聋？王家宽对刘顺昌的质问未做任何反应，依然一副聋子模样。尽管如此，围观者的身上还是起了一层鸡皮疙瘩，他们感到害怕，怕刚才他们的嘲笑已被王家宽听到了。

十天之后，王老炳的身体才基本康复，但是他的眼睛什么也看不见了，成了一个货真价实的瞎子。不知情的人问他，好端端的一双眼睛，怎么就瞎了？他总是不厌其烦地回答，是马蜂蜇瞎的。由于他不是天生的瞎子，他的听觉和嗅觉并不特别发达，行动受到了局限，没有儿子王家宽，他几乎寸步难行。

老黑养的鸡东一只西一只地死掉。起先，老黑还有工夫把死掉的鸡捡回来拔毛，弄得鸡毛满天飞。但是一连吃了三天死鸡肉之后，老黑开始感到腻味。老黑把那些死鸡埋在地里，丢在坡地。王家宽看见老黑提着一只死鸡往草地走，知道鸡瘟从老黑家开始蔓延了。王家宽拦住老黑，说，你真缺德，鸡瘟来了为什么不告诉大家？老黑嘴皮动了动，像是辩解。王家宽什么也没听到。

第二天，王家宽整理好担子，准备把家里的鸡挑到街上去卖。临行前，王老炳拉住王家宽，说，家宽，卖了鸡后，给老子买一块肥皂回来。王家宽知道爹想买东西，但是不知道爹要买什么东西。王家宽说，爹，你要买什么？王老炳用手在胸前画出一个方框。王家宽说，那是要买香烟吗？王老炳摇头。王家宽说，那是要买一把菜刀？王老炳仍然摇头。王老炳用手在头上、耳朵、脸上、衣服上搓来搓去，做进一步的提醒。王家宽愣了片刻，终于“啊”了一声。王家宽说，爹，我知道了，你是要我给你买一条毛巾。王老炳拼命地摇头，大声说，不是毛巾，是肥皂。

王家宽像是彻底地领会了他爹的意图，转身走了，空留下王老炳徒劳无益的叫喊。

王老炳摸出家门，坐在太阳光里，他嗅到太阳炙烤下衣服冒出的汗臭，青草和牛屎的气味弥漫在他的周围。他身上出了一层细汗，皮肤似乎快被太阳烧熟了。他知道这是一个伸手就可以触摸到阳光的日子，这个日子特别漫长。赶街归来的喧闹声，从王老炳的耳边飘过，他想从那些声音里辨出王家宽的声音。但是他一次又一次地失望。他听到了一个孩童在大路上唱的一首歌谣，孩童边唱边跑，那声音很快就干干净净地消逝了。

热力渐渐从王老炳的身上减退，他知道这一天已接近尾声。他听到收音机里的声音向他走来，收音机的声音淹没了王家宽的脚步声。王老炳不知道王家宽已到了家门口。

王家宽把一条毛巾和一百元钱塞到王老炳手中。王家宽说，爹，这是你要买的毛巾。这是剩下的一百元钱，你收好。王老炳问，你还买了些什么？王家宽从脖子上取下收音机，凑到王老炳的耳边，说，爹，我还买了一个小收音机给你解闷。王老炳说，你又听不见，买收音机干什么？

收音机在王老炳手中咿咿呀呀地唱，王老炳感到一阵悲凉。他的手里捏着毛巾、钞票和收音机，唯独没有他想买的肥皂。他想肥皂不是非买不可，但是家宽怎么就把肥皂理解成毛巾了呢？家宽不领会我的意图，这日子怎么过下去。如果家宽妈还活着，事情就好办了。

电影《天上的恋人》剧照

几天之后，王家宽把收音机据为己有。他把收音机吊在脖子上，音量调到最大，然后走家串户。王家宽走到哪里，哪里的狗就对着他狂叫不息。即便是很深很深的夜晚，有人从梦中醒来，也能听到收音机里不知疲劳的声音。伴随着收音机嘻嘻哈哈的，是王老炳的责骂。王老炳说，你这个聋子，连半个字都听不清楚，为什么把收音机开得那么响？你这不是白费电池白费你老子的钱吗？

吃罢晚饭，王家宽最爱去谢西烛家看他们打麻将。谢西烛看见王家宽把收音机紧紧抱在胸前，像抱着一个宝贝，双手不停地在收音机的壳套上摩挲。谢西烛指了指收音机，对王家宽说，你听得到里面的声音吗？王家宽说，我听不到，但我摸得到声音。谢西烛说，这就奇怪了，你听不到里面的声音，为什么又能听到刚才我的声音？王家宽没有回答，只是嘿嘿地笑，笑过数声后，他说，你们总是问我，听不听得到收音机里在说什么？嘿嘿。

慢慢地，王家宽成了一些人的中心，他们跨进谢西烛家的大门，围坐在王家宽的周围。一次收音机里正在说相声，王家宽看见人们前仰后合地咧嘴大笑，也跟着笑。谢西烛说，你笑什么？王家宽摇头。谢西烛把嘴巴靠近王家宽的耳朵，炸雷似的喊，你笑什么？王家宽像被什么击昏了头，木然地望着谢西烛。好久，王家宽才说，你们笑，我也笑。谢西烛说，我要是你，才不在这里呆坐，在这里呆坐不如去这个。谢西烛用右手的食指和左手的拇指与食指，做了一个淫秽的动作。

谢西烛看见王家宽脸上红了一下，谢西烛想他也知道羞耻。王家宽悻悻地站起来，朝大门外的黑夜走去。从此，他再也不踏进谢家的大门了。

王家宽从谢家走出来时，心里像爬着个虫子，不是滋味。他闷头闷脑在路上走了十几步，突然碰到了一个人。那个人身上带着浓香，只轻轻一碰就像一捆稻草倒在了地上。王家宽伸手去拉，拉起来的竟然是朱大爷的女儿朱灵。王家宽想绕过朱灵往前走，但是路被朱灵挡住了。

王家宽把手搭在朱灵的膀子上，朱灵没有反感。王家宽的手慢慢上移，终于触摸到了朱灵温暖细嫩的脖子。王家宽说，朱灵，你的脖子像一块绸布。说完，王家宽在朱灵的脖子上啃了一口。朱灵听到王家宽的嘴巴啧啧响个不停，像是吃上了什么可口的食物，余香还残留在嘴里。朱灵想，我从来没有听到过这么贪婪动听的咂嘴声。她被这种声音迷惑了，整个身躯似乎已飘离地面，她快要倒下去了。王家宽把她搂住，王家宽的脸碰到了她嘴里呼出的热气。

他们像两个落水的人，现在勾肩搭背朝夜的深处走去。黑夜显得公正平等，声音成为多余。朱灵伸手去关收音机，王家宽又把它打开。朱灵觉得收音机对王家宽来说，仅仅是一个四四方方的匣子，吊在他的脖子上，他能感受到重量并不能感受到声音。朱灵再次把收音机夺过来，贴到耳边，然后把声音慢慢地关掉，整个世界突然变得沉静安宁。王家宽显得很高兴，他用手不停地扭动朱灵胸前的扣子，说，你开我的收音机，我开你的收音机。

村里的灯一盏一盏地熄灭，王家宽和朱灵在草堆里迷迷糊糊地睡去。朱灵像做了一场梦，在这个夜晚之前，她一直被父母严加看管。母亲安排她做那些做也做不完的针线活。母亲还努力营造一种温暖的气氛，比如说炒一盘热气腾腾的瓜子，放在灯下慢慢地剥，然后把瓜子丢进朱灵的嘴里。母亲还经常说，男人怎么怎么地坏，大了的姑娘到外面去野如何如何地不好。

朱灵在朱大爷的呼唤声中醒来。朱灵醒来时，发觉有一双男人的手按在自己的胸前，便朝男人的脸上狠狠地扇了一巴掌。王家宽松开双手，感到脸上一阵阵麻辣。王家宽看见朱灵独自走了，屁股一扭一扭。王家宽说，你这个没良心的。朱灵从骂声里觉出一丝痛快，她想今天我造反了，我不仅造了父母的反，也造了王家宽的反，我这巴掌算是把王家宽占的便宜赚回来了。

次日清晨，王家宽还没起床，便被朱大爷从床上拉起来。王家宽看见朱大爷唾沫横飞捞袖握拳，似乎是要大打出手才解心中之恨。在看到这一切的同时，王家宽还看到了朱灵。朱灵双手垂落在胸前，肩膀一耸一耸地哭。她的头发像一个凌乱的鸡窝，上面还沾着一些茅草。

朱大爷说，家宽，昨夜朱灵是不是和你在一起。如果是，我就把她嫁给你做老婆算了。她既然喜欢你，喜欢一个聋子，我就不为她瞎操心了。朱灵抬起头，用一双哭红的眼睛望着王家宽。朱灵说，你说，你要说实话。

王家宽以为朱大爷问他，昨夜是不是睡了朱灵？他被这个问题吓怕了，两条腿像站在雪地里微微地颤抖起来。王家宽拼命地摇头，说，没有没有……

朱灵垂着的右手像一截树干突然举过头顶，然后重重地落在王家宽的左脸上。朱灵听到鞭炮炸响的声音，她的手掌被震麻了。她看见王家宽身子一歪，几乎跌倒。王家宽捂住火辣的左脸，感到朱灵的这一掌比昨夜的那一掌重了十倍，看来我真的把朱灵得罪了，大祸就要临头了。但是我在哪里得罪了朱灵，我为什么平白无故地遭打？

朱灵捂着脸转身跑开，她的头发从头顶散落下来。王家宽进屋找他爹王老炳。王家宽问，她为什么打我？王家宽话音未落，又被王老炳扇了一记耳光。王老炳说，谁叫你是聋子？谁叫你不会回答？好端端一个媳妇，你却没有福分享受。

王家宽开始哭，哭过一阵之后，拿着一把尖刀跑出了家门。他想杀人，但他跑过的地方没有任何人阻拦他。他就这样朝村外跑去，鸡、狗从他脚边逃命，树枝被他砍断。他想干脆自己把自己干掉算了，免得硌痛别人的手。想想家里还有个瞎子爹，他的脚步慢了下来。

凡是夜晚，王家宽都闭门不出。他按王老炳的旨意在灯下破篾，准备为他爹编一床席子。王老炳认为，男人编篾货就像女人织毛线或者纳鞋底，只要他们手上有活，就不会出去惹是生非。

破了三晚的篾条，又编了三天，王家宽手下的席子开始有了席子的模样。王老炳在席子上摸了一把，很失望地摇摇头。王家宽看见爹不停地摇头，他想，爹好像是不要我编席子，而是要我编一个背篓，并且要我马上把席子拆掉。王家宽说，我马上拆。王老炳的手立即停了下来，王家宽想，我猜对爹的意思了。

就在王家宽专心拆席子的这个晚上，王老炳听到楼上有人走动。王老炳想，是不是家宽在楼上翻东西？王老炳叫了一声，家宽，是你在楼上吗？王老炳没有听到回音。楼上的翻动声愈来愈响，王老炳想，这不像是家宽弄出来的声音，何况堂屋里还有人在抽动篾条，家宽只顾拆席子，他还不知道楼上有人。

王老炳从床上爬起来，摸索着朝堂屋走去。他先是被尿桶绊倒，那些陈年老尿洒了一地，他的裤子湿了、衣服湿了，屋子里飘荡着腐臭的气味。他试图重新站起来，但是他的头撞到了木板，他想我已经爬到床下了。他试探着朝四个不同的方向爬去，四面似乎都有了木板，他的头上撞起五个小包。

王家宽闻到一股浓烈的尿臭，以为是他爹起床小解。尿臭持续了好长一段时间，并且愈来愈浓重，他于是提灯来看他爹。他看见他爹湿淋淋地趴在床底，嘴张着，手不停地往楼上指。

王家宽提灯上楼，看见楼门被人撬开，十多块腊肉不见了，剩下那根吊腊肉的竹竿在风中晃来晃去，像空荡荡的秋千架。王家宽对着楼下喊，腊肉被人偷走啦。

第五天傍晚，刘挺梁被他父亲刘顺昌绑住双手，押进王老炳家大门。刘挺梁的脖子上挂着两块被火烟熏黑的腊肉，那是他偷去的腊肉中剩下的最后两块。刘顺昌朝刘挺梁的小腿踹了一脚，刘挺梁双膝落地，跪在王老炳的面前。

刘顺昌说，老炳，我医好过无数人的病，就是医不好我这个仔的手。一连几天，我发现他都不回家吃饭，觉得有些奇怪，就跟踪他。原来他们在后山的林子里煮你的腊肉吃，他们一共四人，还配备了锅头和油盐酱醋。别的我管不着，刘挺梁我绑来了，任由你处置。

王老炳问，挺梁，除了你还有哪些人？刘挺梁说，狗子、光旺、陈平金。

王老炳的双手顺着刘挺梁的头发往下摸，摸到了腊肉，然后摸到了刘挺梁反剪的双手。他把绳子松开，说，今后，你们别再偷我的了，你走吧。刘挺梁起身走了。刘顺昌说，你怎么就这样轻轻松松地打发他走了？王老炳说，顺昌，我是瞎子，家宽耳朵又聋，他们要偷我的东西就像拿自家的东西，易如反掌，我得罪不起他们。

刘顺昌长长地嘘了一口气，说，你的这种状况非改变不可，你给家宽娶个老婆吧。也许，那样会好一点儿。王老炳说，谁愿意嫁他呀。

刘顺昌在为人治病的同时，也在暗暗为王家宽物色对象。第一

电影《天上的恋人》剧照

次，他为王家宽带来一个寡妇。寡妇手里牵着一个大约五岁的女孩，怀中还抱着一个不满周岁的婴儿。寡妇面带愁容，她的丈夫刚刚病死不久，她急需一个男劳力为她耙田犁地。

寡妇的女孩十分乖巧，她一看见王家宽便双膝落地，给王家宽磕头。她甚至还朝王家宽连连叫了三声爹。刘顺昌想，可惜王家宽听不到女孩的叫声，否则这桩婚姻十拿九稳了。

王家宽摸摸女孩的头，把她从地上拉起来，为她拍净膝盖上的尘土。拍完尘土之后，王家宽的手无处可放。他犹豫了片刻，终于想起去抱寡妇怀中的婴儿。婴儿张嘴啼哭，王家宽伸手去掰婴儿的大腿，他看见婴儿腿间鼓胀的鸟仔。他一边用右中指在上面抖动，一边笑嘻嘻地望着寡妇。一线尿从婴儿的腿中间射出来，婴儿止住了哭声，王家宽的手上沾满了热尿。

趁着寡妇和小女孩吃饭的空隙，王家宽用他破篾时剩余的细竹筒，做了一支简简单单的箫。王家宽把箫凑到嘴上狠劲儿地吹了几口，估计是有声音了，他才把它递给小女孩。他对小女孩说，等吃完饭了，你就吹着这个回家，你们不用再来找我啦。

刘顺昌看着那个小女孩一路吹着箫，一路跳着朝她们的来路走去。箫声粗糙，断断续续，虽然不成曲调，但听起来有一丝凄凉。刘顺昌摇着头说，王家宽真是没有福分。

后来，刘顺昌又为王家宽介绍了几个单身女人。王家宽不是嫌她们老就是嫌她们丑。没有哪个女人能打动他的心，他似乎天生地仇恨那些试图与他一起生活的女人。刘顺昌找到王老炳说，老炳呀，他一个聋人挑来挑去的，什么时候才有个结果，干脆你做主算啦。王老炳说，你再想想办法。

刘顺昌把第五个女人带进王家时，太阳已经西落。这个来自异乡的女人，名叫张桂兰。为了把她带进王家，刘顺昌整整走了一天的路程。刘顺昌在灯下不停地拍打身上的尘土，也不停地痛饮王家宽端给他的米酒。随着一杯又一杯米酒的灌入，刘顺昌的脸变红、脖子变粗。刘顺昌说，老炳，这个女人什么都好，就是左手不太中用，其实也没什么，就是伸不直。今夜，她就住在你家啦。

自从那次腊肉被盗之后，王家宽和王老炳就开始合床而睡。这样做的目的，是为了再有小偷进来时，他们好联合行动。张桂兰到的这个夜晚，王家宽仍然睡在王老炳的床上。王老炳用手不断地掐王家宽的大腿、手臂，示意他过去找张桂兰。但是王家宽赖在床上死活不从。渐渐地王家宽抵挡不住他爹的攻击，从床上爬了起来。

从床上爬起来的王家宽，没有去找张桂兰，他在门外的晒楼上独坐，多日不用的收音机又挂到了脖子上。大约到了下半夜，王家宽在晒楼上睡着了，收音机彻夜不眠。如此三个晚上，张桂兰逃出王家。

小学老师张复宝、姚育萍夫妇，还未起床便听到有人敲门。张复宝拉开门，看见王家宽挑着一担水站在门外。张复宝揉揉眼睛伸伸懒腰，说你敲门，有什么事？王家宽不管允不允许，径直把水挑进大门，倒入了张复宝家的水缸。王家宽说，今后，你们家的水我包了。

每天早晨，王家宽准时把水挑进张复宝家的大门。张复宝和姚育萍都猜不透王家宽的用意。挑完水后的王家宽站在教室的窗口，看学生们早读，有时他一直看到张复宝或者姚育萍上第一节课。张复宝想，他是想跟我学识字吗？他的耳朵有问题，我怎么教他？

张复宝试图阻止王家宽的这种行动，但王家宽不听。挑了大约半个月，王家宽悄悄对姚育萍说，姚老师，我求你帮我写一封信给朱灵，你说我爱她。姚育萍当即用手比画起来。王家宽猜测姚老师的手势。姚老师的大意是说，信不用写，由她去找朱灵当面说说就可以了。王家宽说，我给你挑了差不多五十挑水，你就给我写五十个字吧，要以我的口气写，不要给朱灵知道是谁写的，求姚老师你帮个忙。

姚育萍取出纸笔，帮王家宽写了满满一页纸的字。王家宽揣着那页纸，像揣一件宝贝，等待时机交给朱灵。

王家宽把那页纸在怀里揣了三天，仍然没有机会交给朱灵。独自一人的时候，王家宽偷偷掏出那页纸来左看右看，似乎是能看得懂上面的内容。

第四天晚上，王家宽趁朱灵的父母外出串门的时机，把那页纸从窗口递给了朱灵。朱灵看过后，在窗口朝王家宽笑，她还把手伸出窗外摇动。

朱灵刚要出门，被串门回来的母亲堵在门内。王家宽痴痴地站在窗外等候，他等到了朱大爷的两只破鞋子。那两只鞋子从窗口飞出来，正好砸在王家宽的头上。

姚育萍发觉自己写的情书未起作用，便把这件差事推给张复宝。王家宽把张复宝写的信交给朱灵后，不仅看不到朱灵的笑脸，连那只在窗口挥动的手也看不到了。

一开始，朱灵就知道王家宽的信是别人代写的，她猜遍了村上能写字的人，仍然没有猜出那信的出处。当姚育萍的字换成张复宝的字之后，朱灵的心情变得复杂起来。她看见信的落款，由王家宽变成了张复宝，不知道这是有意的错误或是无意的？如果是有意的，王家宽被这封求爱信改变了身份，他由求爱者变成了邮递员。

在朱灵家窗外徘徊的人不止王家宽一个，还包括狗子、刘挺梁、老黑以及杨光，当然还包括一些不便公开姓名的人（有的是已经结婚的，有的是国家干部）。狗子们和朱灵一起长大一起上小学、读初中，他们百分之百地有意或无意地抚摸过朱灵那根粗黑的辫子。狗子说，他抚摸那根辫子，就像抚摸新学期的课本，就像抚摸他家那只小鸡的绒毛。现在，朱灵已剪掉了那根辫子，狗子们面对的是一个待嫁的美丽的姑娘。狗子说，我想摸她的脸蛋。

但是在王家宽向朱灵求爱的这年夏天，狗子们意识到了他们的失败。他们开始朝朱家的窗口扔石子、泥巴，在朱家的大门上写淫秽的话，画凌乱的人体的某些器官。王家宽同样是一个失败者，只不过他没有意识到。

狗子看见，王家宽站在朱家高高的屋顶上，顶着烈日为朱大爷盖瓦。狗子想，朱大爷又在剥削那个聋子的劳动力。狗子用手把王家宽从屋顶上招下来，拉着他往老黑家走。王家宽惦记没有盖好的屋顶，一边走一边回头求狗子不要添乱。王家宽拼命挣扎，最终还是被狗子推进了老黑家的大门。

狗子问，老黑准备好了没有？老黑说，准备好了。于是狗子勒住王家宽的双手，杨光按下王家宽的头。王家宽的头被浸泡进一盆热水里，就像一只即将被扒毛的鸡浸入热水里。王家宽说，你们要干什么？

王家宽顶着湿漉漉的头发，被狗子和杨光强行按坐在一张木椅上。老黑拿着一把锋利的剃刀走向木椅。老黑说，我们给你剃头，剃一个光亮光亮的头，像一百瓦的电灯泡，可以把朱家的堂屋和朱灵的房间照得锃亮锃亮的。王家宽看见狗子和杨光哈哈大笑，他的头发一团一团地落下来。

老黑把王家宽的头剃了一半，示意狗子和杨光松手。王家宽伸手往头上一摸，摸到半边头发，就说，老黑，求你帮我剃完。老黑摇头。王家宽说，狗子，你帮我剃。狗子拿着剃刀在王家宽的头上刮，刮出一声惊叫。王家宽说，痛死我了。狗子把剃刀递给杨光，说，你帮他剃。王家宽见杨光嬉皮笑脸地走过来，接过剃刀准备给他剃头。王家宽害怕他像狗子那样剃，便从椅子上闪开，夺过杨光手里的剃刀，冲出老黑家大门。回家找出一面镜子，王家宽照着镜子，自己给自己剃完了半个脑袋上的头发。

做完这一切，太阳已经下山了。王家宽顶着锃亮的脑袋，再次爬上朱家的屋顶盖瓦。狗子和杨光从朱家门前经过，对着屋顶上的王家宽大声喊，电灯泡……天都快黑啦，还不收工。王家宽没有听到下面的叫喊，但是朱大爷听得一清二楚。朱大爷从屋顶丢下一块断瓦，断瓦擦着狗子的头发飞过，狗子仓皇而逃。

朱大爷在后半夜被雨淋醒，雨水从没有盖好的屋顶漏下来，像黑夜中的潜行者，钻入朱家那些阴暗的角落。朱大爷担心的事情终于发生了，他抬头望天，天上黑得像锅底。雨水如天上扑下来的蝗虫，在他抬头的一瞬间爬满他的脸。他听到屋顶传来一个声音——塑料布。声音在雨水中含混不清，仿佛来自天国。

朱大爷指使全家搜集能够遮雨挡风的塑料布，递给屋顶上那个说话的人，所有的手电光聚集在那个人身上。闻风而动的人们，送来各色塑料布，塑料布像衣服上的补丁，被那个人打在屋顶。

雨水被那个人堵住，那个被雨水淋透的人是聋人王家宽。他顺着楼梯退下来，被朱大爷拉到火堆边。很快他的全身冒出了热气，热气如烟，仿佛从他的毛孔里钻出来。

王家宽在送塑料布的人群中，发现了张复宝。老黑在王家宽头上很随便地摸了一把，然后用手比画说，张复宝跟朱灵好。王家宽摇摇头说，我不信。

人们从朱家一一退出，只有王家宽还坐在火堆边，他想借那堆大火烤干他的衣裤。他看见朱灵的右眼发红，仿佛刚刚哭过。她的眼皮不停地眨，像是给人某种暗示。

朱灵眨了一会儿眼皮，起身走出家门。王家宽紧跟其后。他听不到朱灵在说什么，他以为朱灵在暗示他。朱灵说，妈，我刚才递塑料布时，眼睛里落进了灰尘，我去找圆圆看看。我的床铺被雨水淋湿了，我今夜就跟圆圆睡。

王家宽看见有一个人站在屋角等朱灵，随着手电光一闪，他看清了那个人是张复宝。他们在雨水中走了一程，然后躲到牛棚里。张复宝一只手拿电筒，一只手翻开朱灵的右眼皮，并鼓着腮帮子往朱灵的眼皮上吹。王家宽看见张复宝的嘴唇几乎贴到了朱灵的眼睛上，只一瞬间那嘴唇真的贴到了眼睛上。手电像一个老人突然断气了，王家宽眼前一团黑。王家宽想，朱灵眨眼皮叫我出来，她是存心让我看她的好戏。

雨过天晴，王家宽的光头像一只倒扣的瓢瓜，在暴烈的太阳下晃动。他开始憎恨自己，特别憎恨自己的耳朵。别人的耳朵是耳朵，我的耳朵不是耳朵，王家宽这么想的时候，一把锋利的剃头刀已被他的左手高高举，手起刀落，他割下了他的右耳。他想我的耳朵是一种摆设，现在我把它割下来喂狗。

到了秋天，那些巴掌大的树叶从树上飘落，它们像人的手掌拍向大地，乡村到处都是噼噼啪啪的拍打声。无数的手掌贴在地面上，它们再也回不到原来的地方了，要等到第二年春天，树枝上才长出新的“手掌”。王家宽想，树叶落了明年还会长，我的耳朵割了却不会再长出来了。

电影《天上的恋人》剧照

王家宽开始迷恋那些树叶，一大早，他就蹲到村头的那棵枫树下。淡红色的落叶散布在他的周围，他的手像鸡爪子，在树叶间扒来扒去，目光跟着双手游动。他在找什么呢？张复宝想。

从村外过来一个人，近了，张复宝才看清楚是邻村的王桂林。王桂林走到枫树下，问王家宽在找什么？王家宽说，耳朵。王桂林笑了一声说，你怎么在这里找你的耳朵，你的耳朵早被狗吃了，找不到了。

王桂林朝村里走去。张复宝躲进路边的树丛里，避过他的目光。张复宝想，干脆在这树林里方便方便，等方便完了，王家宽也许会走开了。张复宝提着裤带从树林里走出来，王家宽仍然勾着头在寻找着什么，丝毫没有离去的意思。张复宝轻轻地骂道，一只可恶的母鸡。

张复宝回望村庄，看到了朱灵远去的背影。他想事情办糟了，一定是在我方便的时候，朱灵来过这里，她看见枫树下的那个人是王家宽而不是我，就转身回去了。如果朱灵再耽误半个小时，便赶不上去县城的班车了。

大约过去五分钟，张复宝看见他的学生刘国芳从大路上狂奔而来。刘国芳在枫树下站了片刻，捡起三片枫叶后，又跑回村庄。刘国芳咚咚的跑步声，敲打在张复宝的心尖上，他紧张得有些支持不住了。

朱灵听刘国芳说树下只有王家宽时，她当即改变了主意。她跟张复宝约好早晨九点在枫树下见面，然后一同上县城的医院。但她刚刚出村，就看见王桂林从路上走过来了。她想，王桂林一定在树下看见了张复宝，我和张复宝的事已经被人传得够热闹的了，我还是避他一避，否则他看见张复宝又看见我出村会怎么想。朱灵这么想着，又走回家中。

为了郑重其事，朱灵把路经家门口的刘国芳拉过来，叫刘国芳跑出村去为她捡三片枫叶。刘国芳捡回三片淡红的枫叶，说，我看见聋子王家宽在树下找什么。朱灵说，你还看见别人了吗？刘国芳摇摇头说，没有。

去不了县城，朱灵变得狂躁不安。细心的母亲杨凤池突然记起好久没有看见朱灵洗月经带了。杨凤池把手伸向女儿朱灵的腹部。她的手被一个声音刺得跳起来。朱灵怀孕的秘密，被她母亲的手最先摸到。

每一天，人们都看见王家宽出村去寻找他的耳朵，但是每一天人们都看见他空手而归。如此半月，人们看见王家宽领着一个漂亮的姑娘进村了。

姑娘的右肩吊着一个黑色的皮包，皮包里装满大大小小的毛笔。快要进村时，王家宽把皮包从姑娘的肩上夺过来，挎在自己的肩上。姑娘会心一笑，双手不停地比画。王家宽猜想，她是说感谢他。

村头站满参差不齐的人，他们像土里突然冒出的竹笋，一根一根又一根。有那么多人看着，王家宽多少有了一点儿得意。然而，王家宽最得意的，是姑娘的表达方式。她怎么知道我是一个聋子？我给她背皮包时，她一边说话一边用手比画，不停地感谢。她刚刚碰到我就知道我是聋子，她是怎么知道的？

王老炳从外面的喧闹声中，判断有一个哑巴姑娘正跟着王家宽朝自家走来。他听到大门被推开的响声，在大门破烂的响声里还有王家宽的声音。王家宽说，爹，我带来一个卖毛笔的姑娘，她长得很漂亮，比朱灵漂亮。王老炳双手摸索着想站起来，但他被王家宽按回到板凳上。王老炳问，姑娘你从哪里来？王老炳没有听到回答。

姑娘从包里取出一张纸，抖开。王家宽看见那张纸的边角已经磨破，上面布满大小不一的黑字。王家宽说，爹，你看，她打开了一张纸，上面写满了字，你快看看写的是什么？王家宽一抬头，看见他爹没有动静，才想起他爹的眼睛已经瞎了。王家宽说，可惜你看不见，那些字像春天的树长满了树叶，很好看。

王家宽朝门外招手，竹笋一样立着的围观者，全都东倒西歪挤进大门。王老炳听到杂乱无章的声音，有高有低，有大人的也有小孩的。王老炳听他们念道：

我叫蔡玉珍，专门推销毛笔，大支的五元，小支的二元伍角，中号三元伍角。现在，城市里的人都不用毛笔写字，他们用电脑、钢笔写，所以我到农村来推销毛笔。我是哑巴，伯伯叔叔们行行好，买一两支给你的儿子练字，也算是帮我的忙。

有人问，这字是你写的吗？姑娘摇头。姑娘把毛笔递给那些围着她的人。围观者面对毛笔仿佛面对凶器，他们慢慢地后退。姑娘一步一步地紧逼。王老炳听到人群稀里哗啦地散开。王老炳想，他们像被拍打的苍蝇，哄的一声散了。

蔡玉珍以王家为据点，开始在附近的村庄推销她的毛笔，所到之处，人们望风而逃。只有色胆包天的男人和一些半大不小的孩童，对她和她的毛笔感兴趣。男人们一手捏毛笔，一手去摸蔡玉珍红扑扑的脸蛋，他们根本不把站在蔡玉珍旁边的王家宽放在眼里。他们一边摸一边说，他算什么，他是一个聋子，是跟随蔡玉珍的一条狗。他们摸了蔡玉珍的脸蛋之后，就像吃饱喝足一样，从蔡玉珍的身边走开。他们不买毛笔。王家宽想，如果我不跟着这个姑娘，他们不仅摸她的脸蛋，还会摸她的胸口，强行跟她睡觉。

王家宽陪着蔡玉珍走了七天，他们一共卖出去十支毛笔。那些油腻的零碎的票子现在就揣在蔡玉珍的怀里。

秋天的太阳微微斜了。王家宽让蔡玉珍走在他的前面。他闻到女人身上散发出的汗香。阳光追着他们的屁股，他的影子叠到了她的影子上。他看见她的裤子上沾了点儿黄泥，黄泥随着身体摆动。那些摆动的地方迷乱了王家宽的眼睛，他发誓一定要在那上面捏一把，别人捏得，为什么我不能捏？这样漫无边际地想着的时刻，王家宽突然听到几声紧锣密鼓的声响。他朝四周张望，原野上不见人影。他听到声音愈响愈急，快要撞破他的胸口。他终于明白了，那声响来自他的胸部，是他心跳的声音。

王家宽勇敢地伸出右手，姑娘跳起来，身体朝前冲去。王家宽说，你像一条鱼滑掉了。姑娘的脚步就迈得更密更快。他们在路上小心地跑着，嘴里发出零零星星的笑声。

路边两只做爱的狗打断了他们的笑声。他们放慢脚步，生怕惊动那一对牲畜。蔡玉珍突然感到累，她的腿怎么也迈不动了。她坐在地上津津有味地看着狗。牲畜像他们的导师，从容不迫地教导他们。太阳的余光洒落在两只黄狗的皮毛上，草坡无边无际地安静。那两只狗睁着警觉的双眼，八只脚配合慢慢移动，树叶在狗的脚下发出轻微的沙沙声。蔡玉珍听到两只狗呜呜地唱，她被这种特别的唱词感动了。她在呜咽声中被王家宽抱进了树林。

枯枝败叶，被蔡玉珍的身体压断，树叶腐烂的气味从她身下飘了起来，王家宽觉得那气息如酒，可以醉人。王家宽看见蔡玉珍张开嘴，像是不断地说什么。蔡玉珍说，你杀死我吧。蔡玉珍被她自己说出来的话吓了一跳。她想，我会说话了，我怎么会说话了呢？也许话根本就没有说出来，只是自己的想象。

那两只黄狗已经完事，此刻正蹒跚着步子朝王家宽和蔡玉珍走来。蔡玉珍看见两只狗用舌头舔着它们的嘴皮，目光冷漠。它们站在不远的地方，朝着他们张望。王家宽似乎是被狗的目光所鼓励，变得越来越英雄。王家宽看见蔡玉珍的眼不是眼，鼻子不是鼻子，它们全都扭曲了，有两串哭声从扭曲的眼眶里冒出来。

这个夜晚，王家宽没有回到他爹王老炳的床上。王老炳知道，他和那个哑巴姑娘睡在一起了。

朱灵上厕所，她母亲杨凤池也会紧紧跟着。杨凤池的声音无孔不入，她问朱灵，怀上了谁的孩子？这个声音像是在朱灵头顶盘旋的蜜蜂，挥之不去避之不及，它仿佛一条细细的竹鞭，不断抽在朱灵的手上、背上和小腿上。朱灵感到，全身紧绷绷的，没有一处轻松自在。

朱灵害怕讲话，她想如果像蔡玉珍一样是个哑巴，母亲就不会反复地追问了。哑巴可以顺其自然，没有说话的负担。

杨凤池把一件小孩的衣物举起来，问朱灵，好不好看？朱灵不答。杨凤池说，好端端一个孙子，你怎么忍心打掉？我用手一摸就摸到了他的鼻子、嘴巴和他的小腿，还摸到了他的鸟仔。你只要说出那个男人，我们就逼他成亲。杨凤池采取和朱灵截然相反的策略。

就连小孩都能看出朱灵怀孕。朱灵轻易不敢出门。放午学时，有几个学生路经朱家，他们扒着朱家门板的缝隙处，窥视门里的朱灵。他们看见朱灵像一只被关在笼子里的笨熊，狂躁不安地走来走去。从门缝里窥视人的生活，他们感到新奇，他们忘记回家吃午饭。直到王家宽和蔡玉珍从朱家门前走过，他们才回过头来。

学生们有一丝兴奋，他们想做点儿什么事情。当他们看见王家宽时，他们一齐朝王家宽围过来，他们喊道：

王家宽大流氓，搞了女人不认账……

电影《天上的恋人》剧照

蔡玉珍看见那些学生一边喊一边跳，污浊的声音像石头、破鞋砸在王家宽的身上。王家宽对那些学生露出笑容，和着学生们的节拍跳起来。因为他听不见，所以那些侮辱的话对他没有造成丝毫的伤害。学生们愈喊愈起劲儿，王家宽越跳越精神，他的脸上已渗出了粒粒汗珠。蔡玉珍忍无可忍，朝那些学生挥舞拳头。学生被她赶远了，王家宽跟着她往家里走。他们刚走几步，那些学生又聚集起来，他们喊道，蔡玉珍是哑巴，跟个聋子成一家，生个孩子聋又哑。

蔡玉珍回身去追那个领头的学生，追了几步，她就被一块石头绊倒在地上。她的鼻子被石头碰伤，流出几滴浓稠的血。她趴在地上对着那些学生咿里哇啦地喊，但是没有发出声音。

王家宽伸手去拉她，笑她多管闲事。蔡玉珍想，还是王家宽好，他听不见，什么也没伤着。我听见了不仅伤心，还伤了鼻子。

在那几个学生的带领下，更多的学生加入了窥视朱灵的行列。学校离朱家只有三百多米，老师下课的哨声一响，学生便朝朱家飞奔而去。张复宝站在路上拦截那些奔跑的学生，结果自己反被学生撞倒在路上。一气之下，张复宝把带头的四个学生开除了。张复宝对他们说，你们不准再踏进学校半步。

到了冬天，朱灵自己把自己从门里解放出来。她穿着鲜艳的冬装，比原先显得更为臃肿。她走东家串西家，逢人便说，我要结婚了。人们问她，跟谁结？她说，跟王家宽。有人说，王家宽不是跟蔡玉珍结了吗？朱灵说，那是同居，不叫结婚。他们没有爱情基础，那不叫结婚。

许多人暗地里说，朱灵不知道羞耻，幸好王家宽是聋子，任由她作践，换了别人，她的戏就没法往下演了。

村庄的桃花在一夜之间开放了。桃花红得像血，看到那种颜色，

电影《天上的恋人》剧照

就似乎闻到了血的气味。王老炳坐在家门口说，我闻到桃花的味道了，今年的桃花怎么开得这么早，还没有过年就开了？

那个长年在山区照相的赵开应走到王老炳面前，问他照不照相？王老炳说，听你的口音，是赵师傅吧，你又来啦。你总是年前这几天来我们村，那么准时。你问我照不照相，现在我照相还有什么用。去年冬天我还看得见你，今年冬天我就看不见你了，照也白照。你去找那些年轻人照吧，老黑、狗子、朱灵他们每年都要照几张。赵师傅，你坐。我只顾说话，忘记喊你坐啦。赵师傅你走啦？你怎么不坐一坐？

王老炳还在不停地说话时，赵开应已走出去老远。他的身后跟着一群孩子和换了新衣准备照相的人。

桃花似乎专为朱灵开放。她带着赵开应在桃林里转来转去，那些红色的花瓣像雪，撒落在她的头发上和棉衣上。她的脸因为兴奋变得红扑扑的，像是被桃花染红一般。赵开应说，朱灵你站好，这相机能把你喘出来的热气都照进去。朱灵说，赵师傅，你尽管照，我要照三十几张，把你的胶卷照完。

朱灵特别的笑声和红扑扑的脸蛋，就留在了这一年的桃树上，以至于后来人们看见桃树就想起朱灵。

朱灵是照完相之后走进王家宽家的。从她家遭大雨袭击的那个晚上到现在，她是第一次踏进王家的大门。朱灵显得有些疲惫，她一进门之后就躺到王家宽的床上。她睡王家宽的床，像睡她自己的床那么随便。她只躺下片刻，蔡玉珍就听到了她的鼾声。

蔡玉珍不堪朱灵鼾声的折磨，她把朱灵摇醒了，朝朱灵挥手。朱灵看见她的手从床边挥向门外。朱灵想，她的意思是让我从这里滚出去。朱灵说，这是我的床，你从哪里来就往哪里去。蔡玉珍没有被朱灵的话吓倒，她很用力地坐在床沿上。床板在她坐下来时摇晃不止，并且发出吱吱呀呀的响声。她想用这种声音，把朱灵赶跑。

朱灵想，要打败蔡玉珍，必须不停地说话，因为她听得见说不出。朱灵说，我怀了王家宽的小孩，两年以前我就跟王家宽睡过了。你从哪里来我们不知道，你不能在这里长期住下去。

蔡玉珍从床边站起来，哭着跑开。朱灵看见蔡玉珍把王家宽推入房门。朱灵说，你是个好人，家宽，你明知道我怀了谁的孩子，但是你没有出卖我。我今天是给你磕头来啦。

王家宽看见朱灵的头磕在床边上，以为她想住下来。朱灵想不到她美好的幻想会在这一刻灰飞烟灭。王家宽说，你怀了张复宝的孩子，怎么来找我？你走吧，你不走我就向大家张扬啦。朱灵说，求你，别说，千万别让我妈知道，我这就去死，让你们大家都轻松。

朱灵把她的双脚从被窝里伸到床下，她的脚在地上找了好久才找到她的鞋子。王家宽的话像一剂灵丹妙药，在朱灵的身上发生作用。朱灵试探着站起来，试了几次都未能把臃肿的身体挺直。王家宽顺手扶了她一把。朱灵说，我是聋子，我什么也没听到，我谁也不害怕。

朱灵在王家宽面前轻描淡写说的那句话（朱灵说，我这就去死，让你们大家都轻松。），被蔡玉珍认真地记住了。

蔡玉珍看见，朱灵提着一根绳索走进村后的桃林，暮色正从四面收拢，余霞的尾巴还留在山尖。蔡玉珍发觉，朱灵手里的绳索泛着红光，绳索好像是被下山的太阳染红的，也好像是被桃花染红的。蔡玉珍想，她白天还在这里照相，晚上却想在这里寻死。

朱灵突然回头，发现了跟踪她的蔡玉珍。朱灵从地上捡起一块石头，朝蔡玉珍砸过来。朱灵说，你像一只狗，紧跟着我干什么？

你想吃大便吗？蔡玉珍在辱骂声中退缩，她犹豫片刻之后，快步跑向朱家。

朱大爷正在扫地，灰尘从地上扬起来，把朱大爷罩在尘土里。蔡玉珍双手往颈脖处绕一圈，再把双手指向屋梁。朱大爷不理解她的意思，觉得她影响了他的工作，流露出明显的不耐烦。蔡玉珍的胸口像被爪子狠狠地抓了几把，她拉过墙壁上的绳索，套住自己的脖子，脚跟离地，身体在一瞬间拉长。朱大爷说，你想吊颈吗？要吊颈回你家去吊。朱大爷的扫把拍打在蔡玉珍的屁股上，蔡玉珍被扫出朱家大门。

过了一袋烟的时间，杨凤池开始挨家挨户呼唤朱灵。蔡玉珍在杨凤池焦急的喊声里焦急，她的手朝村后的桃林指，还不断地画着圆圈。朱大爷把这些杂乱的动作和刚才的动作联系起来，感到情况不妙。

星星点点的火把游向后山，人们呼喊朱灵的名字。

第五天清晨，张复宝一如既往来到了学校旁的水井边打水。他的水桶碰到了一个浮动的物体，井口隐约传来腐烂的气味。他回家拿来手电，往井底照射，看到了朱灵的尸体。张复宝当即呕吐不止。村里的人不辞劳苦，他们宁愿多走几脚路，去挑小河里的水来吃。而这口学校旁的水井，只有张复宝一家人享用。朱灵死了五天，他家就喝了五天的脏水。

那天早上，学校没有开课。在以后的几天里，张复宝仍然被尸体缠绕着，学生们看见，他一边上课一边呕吐。而姚育萍差不多把胆汁都吐出来了，她已经虚弱得没法走上讲台了。

到了春天，赵开应才把他年前照的那些相片送到村子里来。他拿着朱灵的照片，去找杨凤池收钱。杨凤池说，朱灵死了，你去找她要钱吧。赵开应碰了钉子，正准备把朱灵的照片丢进火炕。王家宽抢过照片，说，给我，我出钱，我把这些照片全买下来。

一种特别的声音在屋顶上滚来滚去，它像风的呼叫，又像一群老鼠在瓦片上奔跑。声音总是在夜深人静的时候准时响起，蔡玉珍被这种声音包围了好些日子。她很想架一架梯子，爬到屋顶上去看个究竟，但是在睁着眼和闭着眼都一样黑的夜晚，她害怕那些折磨她的声音。

白天，她爬到屋后的一棵桃树上，认真地观察她家的屋顶，她只看到灰色的歪歪斜斜的瓦片，瓦片上除了阳光什么也没有。看过之后，她想那声音今夜不会有了。但是那声音还是如期而来，总是在她即将入睡的时刻把她唤醒。她不甘心，睁着眼睛等到天明，再次爬到桃树上。一次又一次，她几乎数遍了屋顶上的瓦片，还是没找到声源。她想，是不是我的耳朵出了什么毛病？

王老炳同时被这种声音纠缠。开始，他对干扰他睡眠的声音，做出了适应的反应。他坐在床沿整夜整夜地抽烟，不断地往尿桶里屙尿。但是，慢慢地他就不适应了。他觉得那声音像一把锯子，往他脑子里锯进去。他想，如果再不能入睡，我就要发疯啦。他一边想着一边假装平心静气地躺到床上。只躺了一小会儿，他又爬起来，伸手摸到床头的油灯，油灯砸到地上。油灯碎裂的声音，把那个奇怪的声音赶跑了。但是它游了一圈后，马上又回到了王老炳的耳边。

王老炳开始制造声音来驱赶声音。他把烟斗当作鼓槌，不停地磕他的床板。他像一只勤劳的啄木鸟，使同样无法入睡的蔡玉珍雪上加霜。

“啄木鸟的声音”停了。王老炳改变策略，开始不停地说话，无话找话。蔡玉珍听到他在胡话里睡去，鼾声接替话声。听到鼾声，蔡玉珍像饥饿的人突然闻到了饭香。

屋顶的声音没有消失。蔡玉珍拿着手电往上照，她看见那些支撑瓦片的柱头、木板，没有看见声音。她听到声音从屋顶转移到地下，仿佛躲在那些箱柜里。她把箱柜的门一一打开，里面什么也没有。她翻箱倒柜的声音，惊醒了刚刚入睡的王老炳。王老炳说，你找死吗？我好不容易睡着又被你搞醒了。屋子里忽然变得出奇地静。蔡玉珍缩手缩脚，再也不敢弄出声响来。

蔡玉珍听到王老炳叫她。王老炳说，你过来扶我出去，我们去找找那个声音，看它藏在哪里？蔡玉珍用手推王家宽，王家宽翻了个身又继续睡。蔡玉珍走到王老炳床前，拉起王老炳走出大门。黑夜里风很大。

他们在门前仔细听，那个奇怪的声音像是来自屋后。他们朝屋后走去，走进后山那片桃林。蔡玉珍看见杨凤池跪在一株桃树下，用一根木棍敲打一只倒扣的瓷盆，瓷盆发出空阔的声音。手电光照到杨凤池的身上，她毫无知觉，双目紧闭，念念有词。蔡玉珍和王老炳听到她在诅咒王家宽。她说，是王家宽害死了朱灵。王家宽不得好死，王家宽全家死绝……

蔡玉珍朝瓷盆狠狠地踢去，瓷盆飞出去好远。杨凤池睁眼看见光亮，吓得爬着滚着出了桃林。王老炳说，她疯啦，现在死无对证，她把屎呀、尿呀全往家宽身上泼。我们穷不死饿不死，但我们快被脏水淹死了。我们还是搬家吧，离他们远远的。

王家宽扶着王老炳过了小河，爬上对岸。蔡玉珍扛着锄头、铲子跟在他们的身后。村庄的对面，也就是小河的那一边是坟场，除了清明节，很少有人到河的那边去。王老炳过河之后，几乎是凭着多年的记忆，走到了他的祖父王文章的墓前。这段路他走得平稳、

电视剧《没有语言的生活》剧照

准确无误，根本不像个盲人。王家宽不知道王老炳带他来这里干什么。

王家宽说，爹，你要做什么？王老炳说，把你曾祖的坟挖了，我们在这里起新房。蔡玉珍向王家宽比了一个挖土的动作。王家宽想，爹是想给曾祖修坟。

王家宽在王文章的坟墓旁挖沟除草，蔡玉珍的锄头却挥向坟墓。王家宽抬头看见他曾祖的坟在蔡玉珍的锄头下土崩瓦解，转眼就塌了半边，吓得脸色惨白。他神色庄重地夺过蔡玉珍手里的锄头，然后用铲子把泥巴一铲一铲地填到缺口里。

王老炳没有听到挖土的声音，他说，蔡玉珍，你怎么不挖了？这是个好地盘，我们的新家就建在这里。我祖父死的时候，我已经懂事了。我看见我祖父是装着两件瓷器入土的，那是值钱的古董，你把它挖出来。你挖呀。是不是家宽不让你挖，你叫他看我。王老炳说着，比了一个挖土的动作。他的动作坚决果断，甚至是命令。

王家宽说，爹，你是叫我挖坟吗？王老炳点点头。王家宽说，为什么？王老炳说，挖。蔡玉珍捡起横在地面的锄头，递给王家宽。王家宽不接，他蹲在河边看河对面的村庄，以及他家的瓦檐。他看见炊烟从各家各户的屋顶升起，早晨的天空被清澈的烟染成蓝色。有人赶着牛群出村。谁家的鸡飞上刘顺昌家的屋顶，昂首阔步来来回回。

王家宽回头，看见坟墓又缺了一只角，新土覆盖旧土，蔡玉珍像一只蚂蚁正艰难地啃食着一块大饼。王老炳摸到了地上的锄头，慢慢地把锄头举起来，慢慢地放下去，锄头砸在石块上，偏离目标，差一点儿锄到王老炳的脚。王家宽想，看来他们是下定决心要挖这座坟了。王家宽从他爹手上接过锄头，紧闭双眼把锄头锄向坟墓。

他在干一件他不愿意干的事情。他渴望闭上双眼。他想，爹的眼睛如果不瞎，他就不会向他烧香磕头的地方动锄头。

挖坟的工作持续了半天，他们总算整出了一块平地。他们没有看见棺材和尸骨。王家宽说，这坟里什么也没有。王老炳听到王家宽这么说，十分惊诧。他摸到刚整好的平地上，抓起一把泥土，放到鼻尖前嗅了又嗅。他想，我是亲眼看着祖父下葬的，棺材里装着两件精美的瓷器，现在怎么连一根尸骨都没有呢?

时间到了夏末，王家宽和蔡玉珍在对岸垒起两间不大不小的泥房。他们把原来的房屋一点儿一点儿地拆掉，屋顶上的瓦也全都挑到了河那边。他们原先的家，完全暴露在光天化日之下。

搬家的那天，王家宽甩掉许多旧东西。他砸烂那些油腻的坛子，劈开几个沉重的木箱。他对过去留下来的东西带着一种天然的仇恨。他像一个即将远行的人轻装上路，只带上他必须携带的物品。

整理他爹的床铺时，他在床下发现了两只精美的瓷瓶。他扬手准备把它扔掉，被蔡玉珍及时拦住。蔡玉珍用毛巾把瓷瓶擦亮，递给王老炳。王老炳用手一摸，脸色唰地变了，说，就是它，我找的就是它。我明明看见它埋到了祖父的棺材里，现在又从哪里跑出来了？帮忙搬家的人说，是王家宽从你床铺下面翻出来的。王老炳说，不可能。

王老炳端坐在阳光里，抱着瓷瓶不放。搬家的人像搬粮的蚂蚁，走了一趟又一趟。他们看见王老炳面对从他身边走过的脚步声笑，面对空荡荡的房子笑，笑得合不拢嘴。

王老炳一家完全彻底地离开老屋是在这一天傍晚。搬家的人都散了，王家宽从老屋的火坑里点燃火把，眼泪随即掉下来。他和火把在前，王老炳和蔡玉珍断后。王老炳怀抱两只瓷瓶，蔡玉珍小心地搀扶着他。

过了小木桥，王老炳叫蔡玉珍拉住前面的王家宽，要大家都在河边把脚洗干净。他说，你们都来洗一洗，把脏东西洗掉，把坏运气洗掉，把过去的那些全部洗掉。三个人六只脚板在火光照耀下，全都泡进水里。蔡玉珍看见王家宽用手搓他的脚板，搓得一丝不苟，像有老茧和鳞甲从他脚上一层层脱下来。

村庄里的人全都站在自家门口，目送王家宽一家人上岸。他们觉得，王家宽手上的火把像一簇鬼火，无声地孤单地游向对岸。那簇火只要把新屋里的火引燃，整个搬迁的仪式也就结束了。一同生活了几十年的邻居，就这样看着一个邻居从村庄消失。

一个秋天的中午，刘顺昌从山上采回满满一背篓草药。他把草药倒到河边，然后慢慢地清洗它们。河水像赶路的人，从他手指间快速流过。他看到浅黄的树叶和几丝衰草，在水上漂浮。他的目光越过河面，落到对岸王老炳家的泥墙上。

他看见王老炳一家人正在盖瓦。王老炳家搬过去的时候，房子只盖了三分之二。那时，刘顺昌劝他，等房子全盖好了，再搬走不迟。但王老炳像逃债似的，急急忙忙地赶过那边去住，现在他们利用空余时间补盖房子。

蔡玉珍站在屋檐下捡瓦，王老炳站在梯子上接，王家宽在房子上盖。瓦片从一个人的手里传到另一个人的手里，最后堆在房子上。他们配合默契，远远地看过去看不出他们的残疾，看不出他们的破绽。王家宽不时从他爹递上去的瓦片中选出一些断瓦扔下来，有的被他扔到河里。刘顺昌只看到小河里水花飞扬，却听不到断瓦残片砸入河中的声音。这是个没有声音的中午，太阳在小河里静静地走动。王老炳一家人不断地弯腰举手，没有发出丝毫的声响。刘顺昌看着他们，像看无声的电影，也仿佛是自己的耳朵突然失灵，没了声音。他们就像阴间里的人，或画在纸上的人。他们在光线里的动作，轻飘、单薄，虚幻。

刘顺昌看见房上的一块瓦片飞落，碰到蔡玉珍的头上，破成四五块碎片。蔡玉珍双手捧头，弯腰蹲在地上。刘顺昌想，蔡玉珍的头一定被砸破了。刘顺昌朝那边喊话，老炳，蔡玉珍的头伤得重不重？需不需要我过去看一看，给她敷点儿草药？那边没有回音，他们好像没有听到刘顺昌喊话。

王家宽从房子上走下来，把蔡玉珍背到河边，用河水为她洗脸上的血。刘顺昌喊，蔡玉珍，你怎么啦？王家宽和蔡玉珍仍然没有反应。刘顺昌捡起脚边的一颗石子，往河边砸过去。王家宽朝飞起的水花匆匆一瞥，便走进草丛为蔡玉珍采药。他把他采到的药放进嘴里嚼烂，再用右手抠出来，敷到蔡玉珍的伤口上。

蔡玉珍再次趴在王家宽的背上。王家宽背着她往回走。尽管小路有一点儿坡度，王家宽还能在路上一边跳一边走，像从某处背回新娘一样快乐惬意。蔡玉珍被王家宽从背上颠到地面，她在王家宽的背膀上擂上几拳，想设法绕过王家宽往前跑。但是王家宽张开他的双手，把路拦住。蔡玉珍只得用双手搭在王家宽的双肩上，跟着他走，跟着他跳。

跳了几步，王家宽突然返身抱住蔡玉珍。蔡玉珍像一张纸片，轻轻地离开地面，落入王家宽的怀中。王家宽把蔡玉珍抱进家门。王老炳摸索着也进入家门。刘顺昌看见，王家的大门无声地合拢了。刘顺昌想，他们一天的生活结束了，他们看上去很幸福。

秋风像夜行人的脚步，在河的两岸，在屋外沙沙地走着。王老炳和王家宽都已踏踏实实地睡去。蔡玉珍听到屋外响了一声，像是

电视剧《没有语言的生活》剧照

风把挂在墙壁上的什么东西吹落了。蔡玉珍本来不想理睬屋外的声音，她想，瓦已盖好了，家已经像个家了，应该安安稳稳地睡个好觉。但她怕她晾在竹竿上的衣服被风吹落，于是从床上爬起来。

她拉开大门，一股风灌进她的脖子。她把手电揿亮，看见手电光像一根无限伸长的棍子，一头在她的手上，另一头搁在黑夜里。她拿着这根白晃晃的棍子走出家门，转到屋角看晾在竹竿上的衣服。衣服还晾在原先的位置，风甩动那些垂直的衣袖，像一个人的手臂被另一个人强行地扭来扭去。蔡玉珍想收那些衣服，她把手电筒叼在嘴里，双手伸向竹竿。她的手还没有够着竹竿，便被一双粗壮的手臂搂住了。那双手搂着她飞越一条沟，跨过两道坎，最后一起倒在河边的草堆里。蔡玉珍嘴里的手电筒在奔跑中跌落，玻璃电珠破碎，照明工具瞎了，河两岸乱糟糟地黑。

那人撕开她的衣服，像一只吃奶的狗仔用嘴在她胸口乱拱。蔡玉珍想喊，但她喊不出来。她的奶子被啃得火辣辣地痛。她记住这个人有胡须。那人想脱她的裤子。蔡玉珍双手攥紧裤头，在草堆里打滚。那人似乎是急了，腾出一只手来摸他的口袋，摸出一把冰凉的刀。他把刀贴在蔡玉珍的脸上。蔡玉珍安静下来。蔡玉珍听到裤子破裂的声音，她知道她的裤裆被小刀割破了。

蔡玉珍像一匹马，被那人强行骑了上去。挣扎中，她的裤裆彻底地被撕开了。她想现在攥着裤头已经没有用处。她张开双手，十根手指朝那人的脸上抓去。她想，明天，我就去找脸皮被抓破的人。

强迫和挣扎持续了好久，蔡玉珍的嘴里突然吐出几个字：我要杀死你。她把这几个字劈头盖脸吐向那人。那人从蔡玉珍的身上弹起来，转身便跑。蔡玉珍听到那人说，我撞上鬼啦，哑巴怎么也能说话？声音含糊不清，蔡玉珍分辨不出那声音是谁的。

当她回到床前，点燃油灯时，王家宽看到了她受伤的胸口和裂开的裤裆。王家宽摇醒他爹，说，爹，蔡玉珍刚才被人搞了，她的裤裆被刀子划破了，衣服也被撕烂了。王老炳说，你问问她，是谁干的好事！王老炳想，说也是白说，王家宽他听不到。王老炳叹了一口气，对着隔壁喊，玉珍，你过来，我问问你。你不用怕，爹什么也看不见。

蔡玉珍走到王老炳床前。王老炳说，你看清是谁了吗？蔡玉珍摇头。王家宽说，爹，她摇头，她摇头做什么？王老炳说，你没看清楚他是谁，那么你在他身上留下什么伤口了吗？蔡玉珍点头。王家宽说，爹，她点头了。王老炳说，伤口留在什么地方？蔡玉珍用双手抓脸，又用手摸下巴。王家宽说，爹，她用手抓脸还用手摸下巴。王老炳说，你用手抓了她的脸还有下巴？蔡玉珍点头又摇头。王家宽说，现在，她点了一下头又摇了一下头。王老炳说，你抓了他脸？蔡玉珍点头。王家宽说，她点头。王老炳说，你抓了他的下巴？蔡玉珍摇头。王家宽说，她摇头。蔡玉珍想说那人有胡须，她嘴巴张了一下，但什么也没有说出来。她急得想哭。她看到王老炳的嘴巴上下长满了浓密粗壮的胡须，她伸手在上面摸了一把。王家宽说，她摸你的胡须。王老炳说，玉珍，你是想说那人长有胡须吗？蔡玉珍点头。王家宽说，她点头。王老炳说，家宽，他听不到我说话，即使我懂得那人的脸被抓破，嘴上长满胡须，这仇也没法报啊。如果我的眼睛不瞎，那人哪怕跑到天边，我也会把他抓出来。孩子，你委屈啦。

蔡玉珍哇地一声哭了，她的哭声十分响亮。她看见王老炳瞎了的眼窝里冒出两行泪。泪水滚过他皱纹纵横的脸，挂在胡须上。

无论是白天或者黑夜，王家宽始终留意过往的行人。他手里提着一根木棒，对着那些窥视他家的人晃动。他怀疑所有的男人，甚至怀疑那个天天到河边洗草药的刘顺昌。谁要是在河那边朝他家多看几眼，他也会不高兴也会怀疑。

王老炳叫蔡玉珍把小河上的木板桥拆掉，王家宽不允。他朝准备拆桥的蔡玉珍晃动他手里的木棒，坚信那只馋嘴的猫一定还会过桥来。王家宽对蔡玉珍说，我等着。

王家宽耐心地等了将近半个月，终于等到了报仇的时机。他看见一个人跑过独木桥，朝他家摸来。王家宽还暂时看不清那个人的面孔，但月亮已把来人身上白色的衬衣照得闪闪发光。王家宽用木棒在窗口敲了三下，这是通知蔡玉珍的暗号。

那个穿白衬衣的人来到王家门前，四下望一眼后，便从门缝往里望。大约是什么也没看见，他慢慢地靠近王家宽卧室的窗口，踮起脚尖伸长脖子窥视窗里。王家宽从暗处冲出来，举起木棒横扫那人的小腿。那人像秋天的蚂蚱从窗口跳开，还没有站稳就跪到了地下。那人爬起来试图逃跑，但他刚跑到屋角，王家宽就喊了一声，爹，快打。屋角落下一根木棒，正好砸在那人的头上。那人抱头在地下滚了几滚，又重新站起来。他的手里已经抓住了一块石头。他举起石头正要砸向王家宽时，蔡玉珍从柴堆里冲出，举起一根木棒朝拿石头的手扫过去。那人的手痛得缩了回去，石头掉在地上。

那个人被他们三人合力打趴在地上，再也不能动弹了，他们才拿起手电筒照那个人的脸。王家宽说，原来是你，谢西烛。你不打麻将啦？你跑到这里来干什么？谢西烛的嘴巴动了动，说了一句含糊不清的话。王老炳和蔡玉珍谁也没听清楚。

蔡玉珍看见谢西烛的下巴留着几根胡须，但那胡须很稀很软，他的脸上似乎也没有被抓破的印痕。蔡玉珍想，是不是他的伤口已

电视剧《没有语言的生活》剧照

经全部愈合了？王家宽问蔡玉珍，是不是他？蔡玉珍摇头，意思是说我也搞不清楚。王家宽的眼睛突然睁大。蔡玉珍看见他的眼球快要蹦出来似的。蔡玉珍又点了点头。

蔡玉珍和王家宽把谢西烛抬过河，丢弃在河滩。他们面对谢西烛往后退，他们一边退一边拆木板桥，那些木头和板子被他们丢进水里。蔡玉珍听到木板咕咚咕咚地沉入水中，木板像溺水的人。

自从蔡玉珍被强奸的那个夜晚之后，王老炳觉得他和家宽、玉珍仿佛变成了一个人。特别是那晚上，床前对话给他留下怎么也抹不去的记忆。他想，我发问，玉珍点头或摇头，家宽再把他看见的说出来，三个人就这么交流和沟通了。昨夜，我们又一同对付谢西烛，尽管家宽听不到，我看不见，玉珍说不出，我们还是把谢西烛打败了。我们就像一个健康的人。如果我们是一个人，那么我打王家宽就是打我自己，我摸蔡玉珍就是摸我自己……现在，桥已经被家宽他们拆除，我们再也不跟那边的人来往。

无聊的日子里，王老炳坐在自家门口无边无际地狂想。他有许多想法，但他无法去实现。他恐怕要这么想着、坐着终其一生。他对蔡玉珍说，如果再没有人来干扰我们，我能这么平平安安地坐在自家的门口，我就知足了。

村上没有人跟他们往来。王家宽和蔡玉珍也不愿到那河边去。蔡玉珍觉得，他们虽然跟那边只隔着一条河，但是心却隔得很远。她想我们算是彻底地摆脱他们了。

只有王家宽不时有思凡之心。夏天到来时，他会挽起裤脚涉过河水，去摘桃子吃。一般他都是晚上出动，没有人看见他。他最爱吃的桃子，是朱灵照相时曾经靠过的那棵桃树结出来的桃子。他说，那棵桃树结的特别甜。

大约一年之后，蔡玉珍生下了一个活蹦乱跳的男孩。孩童嘹亮的啼哭，使王老炳坐立不安。王老炳问蔡玉珍，是男的还是女的？蔡玉珍抬起王老炳布满老茧的右手，小心地放到孩童的鸟仔上。王老炳捏着那团稚嫩的软乎乎的肉体，像捏着他爱不释手的烟杆嘴。他说，我要为他取一个天底下最响亮的名字。

王老炳为孙子的名字整整想了三天。三天里，他茶饭不思，像变了个人似的。最先他想把孙子叫作王振国或者王国庆，后来又想到王天下、王泽东什么的，他甚至连王八蛋都想到了。左想右想、前想后想，王老炳想，还是叫王胜利好。家宽、玉珍和我终于有了一个声音响亮的后代，但愿他耳聪目明、口齿伶俐，将来长大了，再也不会有什么难处，能战胜一切，能打败这个世界。

在早晨、中午或者黄昏，在天气好的日子里，人们会看见王老炳把孙子王胜利举过头顶，对着河那边喊王胜利。有时候，小孩把尿撒在他的头顶他也不顾，他只管逗孙儿喊孙儿。王家开始有了零零星星的自给自足的笑声。

不过，王家宽仍然不知道，他爹已给他的儿子取了一个响亮的名字。他基本上是靠他的眼睛来跟儿子交流。对他来说，笑声是一种永远也无法企及的奢侈品。当他看到儿子咧开嘴角，露出幸福的神情时，他就想，那嘴巴里一定吐出了一些声音。如果听到那声音，就像口袋里兜着大把钱一样愉快和美妙。于是，王家宽自个儿给儿子取了个名字，叫王有钱。王老炳多次阻止王家宽这样叫，但王家宽不知道怎么个叫法，他听不到王胜利这三个字的发音，他仍然叫儿子王有钱。

王胜利渐渐长大，每天他要接受两种不同的呼喊。王老炳叫他王胜利，他干脆利索地答应了。王家宽叫他王有钱，他也得答应。

有一天，王胜利问王老炳，你干吗叫我王胜利，而我爹却叫我王有钱？好像我是两个人。王老炳说，你有两个名字，王胜利和王有钱都是你。王胜利说，我不要两个名字，你叫我爹不要再叫我王有钱了，我不喜欢有钱这个名字。王胜利说完，朝他爹王家宽挥挥拳，说，你不要叫我王有钱了，我不喜欢你这样叫我。王家宽神色茫然，不知发生了什么事。王家宽说，有钱，你朝我挥拳头做什么？你是想打你爹吗？

王胜利扑到王家宽的身上，开始用嘴咬他爹的手臂。王胜利一边咬一边说，叫你不要叫我有钱了，你还要叫，我咬死你。

王老炳听到啪的一声耳光，他知道那是王家宽扇王胜利发出的。王老炳说，胜利，你爹他是聋子。王胜利问，什么叫聋子？王老炳说，聋子就是听不到你说的话。王胜利问，那我妈呢，她为什么总不叫我名字？王老炳说，你妈她是哑巴。王胜利问，什么是哑巴？王老炳说，哑巴就是说不出话，想说也说不出。你妈很想跟你说话，但是她说不出。

这时，王胜利看见他妈用手在他爹的面前比画了几下。他爹点了点头，对爷爷说，爹，有钱他快到入学的年龄了。爷爷闭着嘴巴叹了一口气，说，玉珍，你给胜利缝一个书包吧。到了夏天，就送他入学。王胜利看着他的爷爷、爹和妈，像一只受惊的小鸟，头一次被他们古怪的动作和声音吓怕了。他的身子开始发抖，随之呜呜地哭起来。

到了夏天，蔡玉珍高高兴兴地带着王胜利进了学堂。第一天放学归来，王老炳和蔡玉珍就听到王胜利吊着嗓子唱：蔡玉珍是哑巴，跟个聋子成一家，生个孩子聋又哑……。蔡玉珍的胸口像被钢针猛猛地扎了几百下，她失望地背过脸去，像一匹伤心的老马大声地嘶呜。她想不到她的儿子，最先学到的竟是这首破烂的歌谣，这种学校不如不上了。她一个劲儿地想，我以为我们已经逃脱了他们，但是我们还没有。

王老炳举起手里的烟杆，朝王胜利扫过去。他一连扫了五下，才扫着王胜利。王胜利说，爷爷，你干吗打我？王老炳说，我们白养你了，你还不如瞎了、聋了、哑了的好，你不应该叫王胜利，你应该叫王八蛋。王胜利说，你才是王八蛋。王老炳说，你知道蔡玉珍是谁吗？王胜利说，不知道。她是你妈，王老炳说，还有王家宽是你爹。王胜利说，那这歌是在骂我，骂我们全家。爷爷，我怎么办？王老炳把烟杆一收，说，你看着办吧。

从此，王胜利变得沉默寡言，他跟瞎子、聋子和哑巴没什么两样。

写毕于一九九五年三月十五日

猜到尽头

一

铁流是突然被叫走的。当时，他坐在沙发上频繁地打着哈欠，我和儿子铁泉抱着他的脑袋拔白头发。他才三十五岁就长了这么多白头发，看得我心里直着急。我说，我们写了十多年，两人的稿费加起来，还没有你的白头发多。他咧开大嘴说，为什么不反过来？如果把我的每一根白头发当一万，那我们该有多少稿费？铁泉听他这么一说，就像拔草那样使劲儿。他每拔到一根白的，就兴奋地叫道，我又拔到了一万。

正当我们一家子正忙着数铁流头上的“钞票”时，门铃忽然响了。铁流的舅舅腆着一个大肚子，夹着一个小包，屁股后面带着一个漂亮的姑娘，风尘仆仆地走进来。铁泉举起手里的白头发，对着舅舅喊，舅公，我从爸爸的头上拔到了十万。舅舅弯下腰，在铁泉红扑扑的小脸上掐了一把，说，十万就十万，这可是你自己说的。

舅舅和那个姑娘坐到我们家的沙发上，他从包里掏出一份合同递给铁流，说，如果同意的话，今晚就得过去。铁流看着那份合同，眼球如同遭受重物袭击，一下就变了形，手也微微颤抖。看完，他把合同递给我。我没想到舅舅会给铁流开这么高的年薪，更没想到那个姑娘竟然乘我看合同之机，不停地给舅舅抛媚眼。舅舅悄悄地把手绕到她身后。她扑哧地喷出一串笑，扭动着腰杆子倒向沙发扶手，像是有人正在为她抓痒。

铁流找一个泡茶的理由离开了。铁泉在沙发前蹿来蹿去。如果不看合同的面子，我真想给舅娘打一个电话，但是合同上的数字太高了，高到超过了我们的所有存款。我把铁流从厨房里叫出来，让他自己拿主意。他的目光在我和舅舅的脸上穿梭，仿佛在寻找暗示。舅舅说，是不是嫌少了？铁流摇摇头，张着嘴巴望我。我说，答案又不在我脸上。铁流一咬牙说，就当是去体验生活，而且我妈也不是为了让我写小说才把我生下来的。舅舅轻轻一笑。铁流伏身在合同上签字。舅舅收下合同，屁股像着了火一般飞速地离开沙发，说，我们走吧。我说，铁流的行李还没收拾呢。舅舅说，要不是那边急，我也不会上门来跟他签合同。话还没说完，舅舅已经到了门外。那个小妖精也走了出去。铁流跟在小妖精的后面，临出门时，回头给我和儿子做了一个飞吻，脸上已经有了迫不及待的表情。

轿车的声音从楼下离去，我忽然感到家里空了许多，耳边重又响起和铁流讨论过的话题：如果突然有了一大笔钱，我们将用来干什么？铁流脱口而出，那就把你给换了。当时，我们都整齐地叹一口气，为这种穷开心而发笑，觉得天底下哪会有那么好的事情。但是想不到那笔钱一下就让我们看到了，仿佛现在正叮叮当当地从天花板上往下掉。好事情说来就来，我没有一点儿心理准备。

夜深了，才把铁泉骗上床，我却兴奋得没有一丝睡意，想想铁流空着双手出门，就打开脱漆的硬壳皮箱，往里面装他用得着的物品。装满了，我看一眼熟睡中的铁泉，就提起皮箱悄悄地出门，在院门口拦了一辆出租车，直奔路塘温泉度假村。仅仅是半个小时，我便站在度假村的总台前，向里面昏昏欲睡的两个女服务员打听铁流的住处。她们摇着头说，什么铁流、铁牛？没听说过。我说，就是你们的铁经理，今晚刚来的。她们摇着的头忽然停住，都扭头看着里间。里间走出一位睡眼惺忪的领班，她不耐烦地嚷道，谁呀？这么晚了……。嚷嚷声在她的目光落到我的脸上时戛然而止，她的眼皮猛地往上一跳，眼珠子刹那间明亮了，瞌睡不见了，温和的声音从她的嘴里飘出，原来是嫂子。我这才看清楚，她就是舅舅带到我们家里去的那个小妖精。

她走出来接过我手里的皮箱，带着我穿过温泉旁弯弯曲曲的小径，朝一幢黑暗的楼房走去。在还没进入楼房之前，温泉的流淌声哗啦哗啦地响着，一股特别的香水味，像温泉那样咕咚咕咚地从她脖子上冒出来，呛得我不得不放慢脚步。终于进入了楼房，我们来到三〇五号门前。她放下皮箱，说，铁经理就住在这里。我按响门铃，里面没什么反应。我再拍几下门板，里面还是没动静。她从裤兜里掏出一大串钥匙，说，每个房间的钥匙，服务员都有。她的钥匙在门锁里轻轻一转，门裂开一道缝，里面黑咕隆咚的。她抽出钥匙扭身离去。我提着皮箱走进房间，打开灯，里面连一个人影子都没有。

但是我看见衣架上挂着铁流的外套，真皮沙发的角落堆放着铁流身上的其他东西，什么衬衣、内裤和袜子呀乱糟糟的，像铁流蜕下来的一层层皮，冒着酸菜的味道。那么，一丝不挂的铁流到哪里去了呢？他是不是泡温泉去了？我来到走廊上，俯视大院，除了水声就是从池子里腾空的蒸气。蒸气把那些路灯扩大了，使整个院子显得迷蒙潮湿。我站了一会儿，眼睛慢慢地适应这里，远处那排石头镶嵌的木门穿过水雾越来越明显。我跑过去，发现这是用鹅卵石砌成的独门独户的小间，每一间里都传出隐约的流水声。我侧耳听木门里的动静，听到第五间的时候，终于听到了铁流的声音。

我犹豫了一会儿，敲敲木门，木门一动不动，里面传来嬉闹声。我把木门推开，一团更为密集的蒸气冲出来，热乎乎的水池里泡着两个光溜溜的男女。他们惊恐地扭过头，鼓着眼球看我。男的说，我们可是货真价实的夫妻。女的骂道，哪里来的神经病？那个男的不是铁流，我带着歉意退出来，为他们关上门，想这个刚刚上任的铁经理到底去了什么地方？

二

是铁流的声音把我吵醒的。睁开眼，我发现自己竟然和衣躺在铁流的床上。昨夜，我曾经反复告诫自己不要入睡，想不到竟然稀里糊涂地睡着了。窗外的曙光落到铁流锃亮的皮鞋上，和皮鞋一样锃亮的是他的头发，上面几乎可以倒映出天花板上的吊灯。一条乳白色的领带像上早班的，提前勒住他的脖子。电视机里天天做广告的那套深黑色西服，现在也跑到了他的身上。他的小眼睛在这些身外之物的衬托下，比过去明亮了好几倍。从整体上看，他已经鸟枪换炮了。

我从床上坐起来，用手摸了摸额头，说，你现在才回呀。他的脸憋得通红通红，就连脖子上的领带都憋开了。我以为他要说出什么重大的事情，没想到竟然憋出一句，你怎么会在这里？我还以为你失踪了。我说，那你呢，这么好的床干吗空着？他说，换了公司发给的衣服我就回家了，想让你看看身上的牌子，没想到白白等了一晚。我说，从家出来的时候，我特意看了一下时间。他说，我是十二点二十七分回到家里的。我说，我没走的时候你不回，我前脚刚走你后脚就回了，也不打个电话。他说，我连这个房间的号码都还没记住，而且谁会想到你的动作那么快。我打开皮箱，说，我可是来给你送东西的，不知道这些旧的你还需不需要？他瞥了一眼皮箱，说，铁泉一个人在家，你得赶快回去叫他上学。我想都还没好好说上几句话，他怎么就下了逐客令？我把皮箱重重地关上。

回到家，我感到头有些晕，想再躺一会儿，发现被窝整整齐齐地搁在床上，还是我昨晚出去时的模样，床单上也没留下任何被压过的痕迹。凡是睡过觉的人一看就知道，这张床在两个小时之前，不可能有人睡在上面。我在床上躺了一会儿，怎么也睡不着，就爬起来到卫生间想洗把脸。毛巾经过一夜的冷风，干得有些刺手。我转过身，把卫生间里挂着的毛巾全都捏了一遍，没有一张是湿的。难道铁流已经养成了早上不洗脸的习惯？或者昨夜他根本就没回来？

这时，电话铃突然响了，我抹着脸跑过去抓起话筒，才发现铃声是铁泉床头的闹钟发出来的。我放下话筒，走进房间，把正在熟睡的铁泉摇醒，说，泉儿，快起来，你得上学了。他飞快地弹起来，打了一个哈欠又倒下去。我用手里的毛巾擦擦他的脸。他睁开眼睛，欠起身子，把毛衣套到头上。我为他穿好衣服，说，从今天开始，得由妈妈送你上学了。他揉揉眼睛说，爸爸呢？我说，爸爸不是当经理去了吗？他说，当经理就不回家了。他的话像针尖那样刺了我一下。我让他重新坐到床上，问他，昨夜看见爸爸没有？他摇摇头说，你不是说爸爸当经理去了吗？我说，半夜里他回来过，你听没听到开门声？他摇摇头。我怕铁流还没完全清醒，又用毛巾为他擦了一把脸，说，儿子，你好好地想一想，到底见没见你爸爸？铁泉说，没有。我说，你不要急着回答，再想想。铁泉娇嫩的眉头渐渐拧紧，脸上出现了大人的表情。这种表情持续了一会儿，他吐出一串声音，我还是没看见爸爸。我想，铁流干吗要骗我呢？

傍晚，铁流提着一个塑料袋出现在楼下。我看见他关了车门，梗着脖子走进楼道，然后就听到他的脚步声急迫地上来了。我把铁泉推进房间，铁泉用手撑住门板，不让我关门。我说，妈妈要跟爸爸谈谈。他勉强地松开手，让我把门拉上。

门铃响了，我坐在沙发上没动。铁流见没人响应就掏钥匙把门扭开，走到我面前，想把手里提着的烤鸭放到茶几上。我说，这是从温泉带过来的吗？他用轻快的语调说，在食堂拿的，不花一分钱。我说，快把它拿开。他转过身，想把塑料袋往餐桌上放。我说，别把桌子弄脏了。他放下去的手快速地扬起来，回过头皱着眉头看我。我的脸如同掺了水泥一般硬邦邦的。他晃动着手里的袋子，说，那你说，我应该把它放在哪里？我说，除了家里，随便你放。他把袋子重重地摔到桌上，说，不知道又碰到你的哪根筋了？我说，床没有动过，毛巾也是干的，昨天晚上你回的是哪个家？他的眼珠子像车轮那样转了几圈，说，为了让你一进门，就看到一个崭新的丈夫，我一直坐在沙发上等你，几乎一夜没合眼。我说，但是今天早上，你的眼圈没红，我记得只要你熬上两个小时的夜，眼圈就会红得像出血。

铁流把上衣脱下来丢到沙发上，伸手松松领带，抬头望着铁泉的房间，说，我只有熬夜写作眼圈才红，昨晚我只是看电视。我说，那音量一定调得很小吧，要不铁泉怎么会什么声音也没听到？他说，是吗？那我们问铁泉试试。他拍开房门，把铁泉拉出来，蹲下身子，用讨好的口吻说，儿子，别害怕，爸爸只想问你一件事。铁泉似乎从空气里嗅出了紧张的味道，惊慌地看着我。我对他点点头说，你是诚实的。铁流抓起铁泉的小手说，你还记不记得昨天晚上的事？

铁泉结结巴巴地说，记得。铁流说，那你记得，半夜里爸爸叫你起来撒尿吗？铁泉看着天花板，像是在回忆。铁流拉拉他的手，提醒道，你记不记得？铁泉小心地摇了摇头。铁流的脸突然变了，撒开铁泉的手，呼地站起来，说，你怎么就不记得了？当时，我还问你，爸爸的衣服漂不漂亮？你说帅呆了。我又问你妈妈到哪去了？你说不知道。你回答了我的两个问题之后，才重新回到被窝里的，怎么就不记得了？

铁泉被铁流越来越大的嗓门吓得全身颤抖。我对铁流说，你不要强迫他，更不能搞逼供。铁流绷紧的脸慢慢地松弛，他又蹲了下去，用手扶住铁泉的双肩，口气缓和了许多，儿子，你再想一想，因为你的回答太重要了，它关系到爸爸和妈妈吵不吵架。铁泉低下头。我说，再坚持一会儿，泉儿，你得把我和爸爸的这个疙瘩解开，要不我们会不定期地争吵。铁泉抽了一下鼻子，带着哭腔说，我不知道你们的事情。泪水漫过他的眼角。铁流在他流泪的地方抹了一下，说，你再好好想想，即使是刚才说错了，爸爸也不会怪你，也许一时记不得了，但是你想一想可能会记起来，你再想想……铁泉像是不堪重负似的打着哆嗦，眼睛惊恐地张望我。

我说，够了，你这是在逼他。没想到我脱口而出的声音把铁泉吓了一跳，他的脖子根突然缩进肩膀，双腿像站在钢丝绳上那样晃荡，仿佛再晃下去他的身子就得散架。铁流假惺惺地搂住他，用手轻轻地拍打他的后背，鼓着乒乓球那么大的眼珠看着我吼道，你的嗓门比高音喇叭还大，即使他记起什么，也被你吓跑了。铁流的这一吼，音量不在我之下，把铁泉的尿都吼了出来。我看见，在铁泉的裤管之下，已经积了一摊水，它正小心翼翼地向四周扩散。我把铁泉拉到怀里说，你就放过他吧。铁泉哇地哭起来。我说，这下你该满意了。铁流狠狠地扫了我一眼，从鼻孔里哼出一句脏话，转身走出去，防盗门撞回来的巨响又吓得铁泉的身子一颤。

三

铁流在那边过着经理的生活，却没给我任何一点儿消息。我以为几天之后他会回家，没想到他连电话都没打一个。坚持了好些日子，我主动给他挂了几次电话，但房间里一直没人接听，甚至半夜里也没人接。我想也许是他的电话坏了。一个周末的晚上，终于有人在铃声响过五声之后，拿起了话筒。我说，撒了谎就不敢回家是不是？他说，工作刚开始，好多东西都得重新学，忙得头都晕了。我说，再忙也得睡觉吧。他迟疑一会儿，说，我怕电话骚扰，睡觉前拔了线。我说，还有谁敢在半夜里骚扰你？他说，这是度假村，什么电话都有。我们正说着，话筒里忽然传来一个女人的声音。我猛地警觉起来，问，谁在你的房间？他说，没有呀。我说，明明听到一个嗲声嗲气的声音。他说，可能是跳线了。我说，不可能吧，我听到她说走了，拜拜。他发出冷笑说，你又疑神疑鬼了，不信你就过来看看。

我放下话筒，刚才跳到耳朵里的女声一直在耳畔缠绕。我掐掐耳朵，疼痛是真实的。我回忆了一下，那不像是跳线的声音。难道铁流又在骗我？我来到镜子前，看着里面那个因睡眠不足，脸庞稍稍显得浮肿的自己，用手指轻轻地按摩眼角，想把那些企图成为皱纹的小褶子按下去。在我没按它们之前，它们还老实地躲在光滑的皮肤下面，但是我一按它们，它们就像暴涨的河水顿时流淌起来，类似水波状的线条堆上眼角，让我不得不承认，自己的魅力已经大大地打了折扣。我想，我得找个人聊聊。

中午时分，我尽力挺直身板拉着铁泉站在海霸王大酒店门前。门童早早地把那两扇巨大的玻璃门拉开。在准备进去之前，我左顾右盼，孔燕还没到。那些车辆在冷空气中嗖嗖地奔跑，和我没有一点儿关系。行人都缩着脖子。干爽的马路被突然砸下的雨点淋湿，原本寒冷的天气变得加倍寒冷。冷空气和雨点使我感到自己很可怜。我喷着热气，领着铁泉大步地走进去，来到一个事先定好的包厢，面对面地坐在一张宽大的餐桌旁。不知道，这张餐桌的直径具体是多少，但是我感到它特别大，大到看上去，坐在那边的铁泉比平时要小许多。

等了一会儿，我的好朋友孔燕来了。我把在跟铁流通话时听到的跟她说了一遍。她说，这没什么奇怪，男人都这样，在条件没成熟的时候，他们总是装得很老实，一旦条件成熟……她摇摇头，撇着嘴巴，好像已经看到了一个不可收拾的结局。她的表情激起了我对铁流的进一步猜疑，我又狠狠地点了几个菜。什么螃蟹呀、海虾呀、红友鱼呀、沙虫呀，都快把我们给淹没了。我们在盘子的腾腾热气中埋头吃着。我说，泉儿，你爸爸就要有钱了，不吃白不吃。铁泉吃得肩膀一耸一耸的，整张脸几乎装进了盘子。我又说，如果今天我们不吃，没准儿明天他有了新欢，那我们可就没得吃了。铁泉从盘子里抬起沾满虾壳的脸，疑惑地望着我说，妈妈，新欢是什么？孔燕说，是一个女人。铁泉说，那我们能不能不让爸爸有新欢？我说，吃就是一个办法，从今天起我们每天来吃一次海鲜，把他吃穷，只要他口袋里没有多余的钱，看他还拿什么去找新欢。铁泉点点头，像是忽然明白了，把脸重新埋进盘子叼起一只螃蟹，说，这就是爸爸的新欢。说完，他发狠地嚼起来，嘴里发出咔嚓咔嚓声。

孔燕和我都被他的吃相逗笑了。

菜还在源源不断地上来，餐桌上已经盘子叠着盘子了。连我自己也不敢相信，这些菜是我点的，有的我从来就没吃过，有的连名字也叫不上来。看着越来越多的盘子，我的胃口渐渐没了。我说，小姐，你们是不是搞错了，我怎么会点这么多菜？小姐走过来，低下头，说，我去帮你问问。小姐出去一会儿返回来，说，这些菜都是你点的。我拍拍发热的脑门，想这重重叠叠的明明是钱，哪里是盘子。我说，还有没上的菜吗？小姐说，好像还有三盅鲍鱼汤。孔燕说，能不能退了？小姐摇摇头，说，我们这里点了就不能退。孔燕和小姐正交涉，包厢的门被人推开，三盅木瓜盛着的鲍鱼汤分别到达我们的面前。我问孔燕，刚才我点鲍鱼汤了吗？孔燕点点头说，点了。我说，我怎么不记得了。这汤，一盅就要一百五十元，我怎么会舍得点它？铁泉说，你不是要把爸爸吃穷？我对着孔燕笑笑，说，是呀，我怎么把这个给忘了。

我赌气地吃起来，不知不觉中感到肚子撑得难受，一看眼前，已经吃掉了三大盘。再看铁泉，他吃得眼睛都翻白了，还双手捂着肚子。孔燕打了一个饱嗝，用纸巾抹一下嘴，说，为了对得起你的这餐海鲜，我得跟你说点儿实话。我侧侧身，倾听着。她说，铁流干坏事的条件已经成熟，你得小心看着，现在危机离你就一毫米了。

到了下午四点多钟，我的胃才出现了缓和的迹象。我提上从海霸王打包的海鲜，来到路塘温泉铁流的房门前，按了门铃，里面传来懒散的脚步声，猫眼黑了一下，门轻轻地打开。铁流穿着一套崭新的睡衣站在里面，说，你怎么来了？我扬了扬手里的袋子，说，给你送点儿吃的。铁流把我让进去，锁上房门，接过袋子放到茶几上，说，你打断了我的一个好梦。我看见他的脸有些发红，眼圈也微微红了。我问他，做了什么好梦？他一脸坏笑，一头扑过来把我按到床上，粗鲁地捏着，强行解我的纽扣。我在床上滚了好几圈才把他推开，说，你是不是正在做一个下流的梦？他滚到一边嘿嘿地咧开嘴巴，说，要不是工作忙，我早顶不住了。我说，肯定是和做梦有关，否则怎么连一点儿过渡都没有。他伸手搂住我，把他的嘴巴凑到我耳朵根说，看你说的，我只不过梦见中了大奖，你想到哪去了？

我的耳朵麻酥酥的，整个身体软了下来。我躲开他的嘴巴，说，白天里睡大觉的人，怎么还整天喊忙？他轻轻地解我的衣扣，说，特殊情况，中午喝多了。我伸手抚摸他的睡衣，问，这也是单位发的？他说，这是我在班木商场买的。我打开他的睡衣，看了看里面，说，挺合身的。他笑了笑，扒光我的衣裳，猛地扑到我身上。我闪避没让他得逞。他变得急躁不安，在我的肩膀狠狠地咬了一口，就像馋了的小孩。我问他，想要吗？他说，想死了。我说，那你得跟我说实话。他说，我什么时候说假话了？我说，告诉我，那天晚上你到底去了哪里？他说，我哪里也没去，回家了。我说，但是铁泉说没看见你。他说，孩子睡着以后往往会犯迷糊，就像我小时候半夜起来撒尿，一边撒还一边睡。

他的解释再加上游动的手指，使我的身体慢慢地放松。我说，你真的没骗我？他举起双手说，谁骗你谁就被车撞死。我怕他再诅咒下去，赶快伸手捂住他的嘴巴。他躲开我的手，透了一口气，在我的身上用力地扑着。扑着扑着，被窝里扑起一阵凉风，一缕似曾相识的气味蹿进我的鼻孔。我狠狠推开他，把被子捂到他的鼻子上，说，这是什么味道？他扭过头，说，我只不过洒了一点儿香水。我说，怎么和那个领班的香水味一模一样？他的嘴唇抖了几下，说，是服务员洒的，每天我这里都是服务员打扫。

我看着他撇撇嘴，外加几声冷笑。他说，我们都生活了十年，你不是不了解我。我说，人是可以变的，只要找到合适的土壤，坏念头就会像草一样生长。他摊开双手耸耸肩，说，我们刚刚看到好生活的影子，你就来给我找麻烦，真是的。我说，可是只短短半个月，我已经摸不透你了。他跳下床，赤身裸体在地毯上走着，说，你尽管大胆地猜疑吧，反正我可以发誓，我不会不爱你。

四

你听到过铁流发誓吗？他好像动不动就喜欢发誓，比如喝多了，他会发誓再也不喝，可是没过几天他又烂醉如泥；他跟我发誓不再跟你们赌钱，但是后来他还是跟你们赌个不停。现在，我一听到他发誓，双腿就软得像没有骨头，身上起了一层鸡皮疙瘩，生怕他一不小心发誓不近女色。你听到过他发誓不近女色吗？

坐在书桌前的李年，把头埋在铁流的小说集上，像没长耳朵似的，对我的话毫无反应。我盯着他那张诚实的脸期待着。他肥厚的嘴唇微微张开，似乎就要说话了，但是他只翻了一页书，就把张开的嘴巴关闭。后来，我发现他每翻一页书，就张一次嘴巴。这只是他的一种不良习惯，而不是要说话的标志。我没有心思这么干坐下去，于是进一步启发他，你跟铁流好了这么多年，难道还不知道他有没有外遇？他欠了欠身体，藤椅发出一声怪响，都到了这个份儿上，怎么样他也应该说话了，但是他只摇了摇椅子，又把头埋到小说集里。我想，他假模假样地看书，肯定是在故意回避问题。

我的猜测变得越来越像那么回事儿，书页被他翻得哗啦啦地响，而且越翻越快，已经不像是阅读了。我说，其实你不用为难，如果你怕背上出卖朋友的名声，那你能不能点点头？你只要点点头，我就全明白了。他咳了两下，像是要做点儿什么，但是咳完了什么也没做。我恳求道，你总得表个态吧，这是我第一次求你，难道你就忍心让我白来一趟？他伏在桌上匆忙地写着，额头差不多碰到了面前那几本《英语大辞典》。我从沙发上站起来说，如果你连头也不想点，那能不能默认？在我离开之前，只要你不说话，就算是默认了。他把写满数字的稿纸举起来，终于打破沉默，说，刚才我算了一下，还需要四十五天，我就能把铁流的小说翻译完毕。你能不能在这四十五天里，不让我卷入你们的纠纷？我说，谁叫你是他的朋友？除非你给我一个答复，要不我天天都来烦你。

他慌忙地晃动脑袋，说，铁流有没有外遇，我不敢百分之百地保证，但据我观察他不太像是有外遇的人。上个月二十三号，我们十几个朋友喝酒，他当着大家的面说，你为了给他生一个孩子，经历过五次习惯性流产，是个好母亲。还有在肾结石折磨他的那两年，你每天都陪他在楼道上跳几千次，直到把他所有的结石都跳出来。要不是你陪着他跳，他早就没信心了，所以你也算得上是好妻子……

李年的嘴巴迅速地翻动，一副滔滔不绝之势。我沉浸在他首先提到的两个事件中，岂止是流产，那简直是非人的生活，为了保胎，我整天躺在床上，连电视都不敢看，生怕肚子的孩子被好笑的节目弄掉，更别说跳楼梯，好几次我都崴了脚，有一次还差点儿骨折……我在回忆中感到鼻子酸酸的，眼前的李年渐渐地模糊成一个轮廓，丝丝冰凉从两个眼角缓慢地往下滚。李年惊讶地把手伸过来，抹了抹我的眼角，说，好好的，你怎么哭了？

我忽然觉得，李年的声音是那么好听，他的手比棉花还柔软。我的身子摇晃着，嘴里发出断断续续的声音，就是这个，我为他付出了那么多的人，在半个月前变了心。我还想再说点儿什么，但是哭声把我想说的压下去。李年的手从我的眼角移开，绕到身后搂住我，说，别哭了，你这一哭，邻居们都听见了，弄不好他们会认为我欺负你。

我越哭越伤心，他的双手随着哭声增高搂得越来越紧，让我感到即使是这幢楼倒塌了，他的手也不会松开。我除了感到后背有一点儿紧之外，身体的其他地方全都变成了木头，突然嘴里有了一点儿感觉，发现进来了一根舌头。我的胸部隐隐作痛，那是因为他紧紧地贴着我。因为胸痛，我木然的身体忽然活了过来。我狠狠地扇了他一巴掌，用力推开他，说，连你都这样，更别说铁流了。

他跌坐在藤椅里，捂着刚被扇过的左脸，吞吞吐吐地说，既然你怀疑铁流，为什么不报复？我这样做是为了帮你报复。我对着他呸了一声，骂道，还以为你老实，没想到你是狗屎。他双手捧着脸说，如今谁不在外面开点儿小差，想不到你还这么在乎。我说，你们男人都是这样吗？今天，我总算明白了。他发出一串怪笑，说，明白就好，省得到处去问。我气得又想扇他一巴掌，但是却不想让他弄脏了我的手。现在，才明白，原来我来到了一个最不该来的地方。我快速地拉开门，从他肮脏的屋子里逃走。

外面的空气格外新鲜，马路上的行人全都像我的救命恩人，那些往来的车辆似乎也是亲戚们的。我在温馨的街道上一路小跑，不时地抹一把泪水。被我不小心撞了肩膀的“恩人”们，纷纷侧过头奇怪地看着我，有那么几个毫不客气地骂我神经病。

五

我提着两盒快餐摇摇晃晃地回到家，看见铁流正蹲在客厅里给铁泉扣上衣。一套鲜艳的唐式童装套在铁泉的身上，把铁泉的小脸映衬得红扑扑的，使整个屋子都有了温暖的色调。沙发上坐着一个我从来没见过的人，他身穿一套摆在路边店里的那种西服，双手拘谨地放在膝盖上，嘴里不停地表扬铁泉身上的衣裳。当我的目光跟他的对接时，他略微欠了欠身子。铁流扣完最后一颗纽扣，摸摸铁泉的小脑袋，说，爸爸一领到工资，首先想到的就是你们。铁流所说的“你们”，不外乎是铁泉和我。我的目光落到茶几上，发现上面有一个精致的纸盒。

铁泉笑着扑过来，接住我手里的纸饭盒，把它们放到餐桌上。铁流直起身拍拍蹲皱了的西裤，说，这位是我的好兄长王义。王义向我点头，客气得有些过分。铁流脱掉上衣，挂在椅子上，伸手打一下偷吃的铁泉，说，你不能等一等吗？我就去做好吃的。铁流走进厨房，把隔门关上，里面依次传来流水声、切肉声、炒菜声……

我递了一杯茶给王义。王义接过去喝了一口，说，招科长，我读过你的散文，比铁流的小说写得有意思。我还没来得及判断，他便迫不及待地从衣兜里掏出一本书，让我签名。那是一本若干年前出版的书，里面收录了我的五篇散文，在目录上，我的名字被几十个名字紧紧地夹着，连大气都不敢出。我说，这本书不仅仅是我的，要在上面签我的名字，就好像偷了别人的东西，不太合适吧？他把书强行塞到我手里，说，这本书我找了好几年，直到上个月才在书城的角落里找到，买它就是为了看你写的这几篇。我看他不像是撒谎，就在扉页上签了名，但是一签完我立即就后悔了。我说，你拿这个给我签，不是批评我还没出单行本吧？其实写作只是我晚上的事儿，白天八个小时我都要工作，我只是一个上班的，你可千万别把我当成铁流那样的大作家。他满脸不可思议，说，单位的事还要你操心？我说，不操心谁给我发工资？顺便纠正一下，我不是什么科长，只是一般的职员。他说，拿你这样的才华，去做那些无聊的事真是太可惜了！

突然，碰上一个不珍惜好话，随便拿它们送礼的人，我感到头微微有些发晕，只见他的嘴巴像嚼瓜子那样不停地嚼着，却没听清楚他还说了些什么。在他含糊的声音中，铁流拉开隔门，端出一碗香喷喷的饭菜放到桌上，又把头缩回去，隔门再次关上。王义从口袋里掏出一张纸片，摆到我面前。我的注意力移到纸片上。他说，这上面有十二道问题，如果你的回答完全符合标准答案，就能加入我们的俱乐部。我勾下头，尽量把脖子往茶几上延伸，我看见：

> 第一道问题，在跟朋友或者同事下棋、打牌和打球的时候，你是不是很在乎输赢？
>
> 第二道问题，如果你怀疑A偷了你的奶酪，那是不是在找到了真正的小偷B之后，你还是不肯相信偷你奶酪的人就是B？

够了，再往下看就是傻×了。我压住胸膛里正在往外熊熊蔓延的大火，对着厨房叫道，你给我出来。隔门紧闭，铁泉跑过去拉开它，对着里面叫，爸爸，妈妈叫你。铁流关了煤气，拧着一张擦手的毛巾走出来。我说，铁流，不就是怀疑你在外面有个把女人吗，犯不着把康复医院的叫到家里来测试我的精神呀。如果你认为我的怀疑是神经质的，那我们就用事实说话。

铁流试图解释，但一时找不到语言，支支吾吾地愣在那里。王义抓起茶几上的那张纸片，说误会了误会了，便紧张地跑出去。铁流对着王义的背影喊，哎，你怎么走了？还没吃呢。王义说，我有事，先走一步。铁流追出去，两串慌张的脚步声先后直扑楼底。我走到窗前往下看，那个叫王义的（也不知道他是不是真叫王义）对铁流比画着，他的声音隐隐约约地传上来，绝对有问题，这是那种病的典型前兆，不能再往下发展啦……

竟然认为我有病，真不负责任。我抓起铁流挂在椅子上的衣服，从窗口扔下去。衣服展开，像一只翅膀，落到他们的身旁。他们同时抬起头，可能正在把我的这个行动当成有病的新证据。干脆、索性，我走到茶几边，拿起那个精致的纸盒，看都不看扬手甩出窗外。纸盒分成两半，里面的东西赶不上盒子的速度，在空中徐徐铺开，像一团火缓缓坠落。那是一块红色的丝巾，由于它价格昂贵，我曾经无数次和铁流一道在班木商场抚摸过它，没想到铁流还一直记着。我的心里一动，打开门，准备下楼去把他们叫回来，让他们好好地吃一顿饭。但是我的脚刚迈出一步就缩了回来，想这会不会是他的一种策略？也许做贼心虚了，才企图用丝巾来弥补。如果不是我怀疑他，这条丝巾肯定还挂在班木商场里。

这么一想，心里的感激顿时烟消云散。我回过头，看见沙发上多了一床棉被，它像是害怕了不停地颤抖。我走过去掀开它，铁泉双手捂着耳朵蜷缩在里面。我把他抱起来，让他哆嗦的身体渐渐地平静。

六

铁泉和我乘坐的出租车停在饮料厂门口，远远地就听到了从厂房那边传来的哐啷哐啷声，跟着声音到达的还有果子的香气。我打开车门叫铁泉下去。他扭了扭身子，把屁股牢牢地粘在坐椅上。我说，事情一办完我就回来，要不了几天，你不是跟我拉过钩吗？他说，我不想跟小姨。我说，小姨这里有饮料，随便你喝。他咂了一下嘴巴，舔了舔舌头，好像那些饮料的残汁就沾在他的嘴唇上。乘他还在回忆那些味道，我把他从车上抱下来。他挣脱我的手臂，双脚落在地上，看了我一眼，转身朝厂房走去。开始，他还控制着前进的速度，一边走一边回头，但是这种习惯的速度只坚持了十几米，他便不再坚持，而是撒腿跑了起来。我看着他跑过操场，进入厂房，仿佛还看见他穿过厂房里排列整齐的饮料罐，扑入正在打包的小姨的怀里。

铁泉的小姨姓招，名玉立，现年二十一岁，中专文化，未婚。爹妈和铁流都说她长得比我漂亮。尽管我心里还有点儿不服气，但是他们毕竟是多数，而且在没有奖金的情况下，他们没有必要对这个问题不负责任。

我像个傻瓜呆站在饮料厂门口，朝厂房那边张望。出租车的喇叭响了一下。我钻进车里，心里老不踏实，总觉得不应该跟铁泉撒谎。我伸手捏住车门把想打开，但是车子已经启动。我摇下车窗盯住厂房的门口，希望能看见点儿什么动静，果然，从门口冲出一个人来。那是铁泉，他手里拿着两听易拉罐朝我这边奔跑，塞在衣兜里的罐子不时地从他奔跑的身上飞落，在地上滚动。我知道他是想送几听饮料给我，但是我怕他拿到饮料后不愿回去，所以没让车子停下。他跑到厂房门口，焦急地四下张望，胸口一起一伏的，嘴里喷出大量的热气。一辆又一辆出租车从他的面前晃过，他打开一听饮料喝了一口，很失望地走回去了。

到了夜晚，我穿上一件厚衣服，挎了一个包悄悄来到路塘温泉，坐在院子里的一张石凳上，盯住铁流的那个房间。那个房间黑沉沉的，院子里和走廊上的路灯因为雾气的弥漫，光线不是很明朗。周围的暗影里晃动着成双成对的人，轻微的咂嘴声有时比流水还响，偶尔还听得到男人的哀求。谁都不会相信，在这样一个环境里做总经理的人，不是低级趣味的人。我感到越来越有把握，甚至开始设想抓到现行时铁流的表现——脸色惨白是肯定的，而且极有可能跪下来求饶。我当然是愤怒到了极点，对着他呸了一声，说都这样了谁还会原谅你。由于完全沉醉在想象中，我真的呸了一声，周围的人都扭过头看我，有的甚至跑开了。我笑了笑，想这仅仅是排练，好看的还在后头。

周围的人渐渐地散去。懒散的流水声和昏昏欲睡的灯光使等待经受考验，我的眼皮慢慢地沉重，不得不靠挎包里的风油精来撑开它。但是在擦了十几次的风油精之后，眼皮具备了抗药性，它越来越重、越来越重，几乎就要睡去了，不过在每次即将睡去的一刹那，身体总会一激灵，被一种兴奋的东西惊醒。那种兴奋的东西不是别的，就是马上要抓到的现行。我靠这种兴奋维持了一段平庸的时间，忽然本能地警觉起来。

远处出现了动静，杂乱的脚步声中夹杂着熟悉的脚步声，至少有三个以上的人，正朝着这边走来。我伸长脖子往那边张望，先是看见一盏汽灯在鹅卵石铺成的小径上晃动，接着就看见那个提汽灯

电影《猜猜猜》剧照

的人弯着腰，把手里的灯差不多落到了路面。汽灯照着一双锃亮的皮鞋，那是铁流的。他挺着身板迈着方步，一副吃饱喝足的模样，身后还有一个人给他打伞。我举头看了看，路灯都还亮着，有必要再举一盏汽灯吗？一个小小的经理都要这样的排场，真是太过分了。抹了一把脸上的水雾，我打起百倍精神。

他们走完院子里的小径，登上那幢楼房。我把望远镜从包里掏出来，放到眼睛上，对着三楼的走廊观望。廊灯把他们照得更加清楚，甚至是雪白。快走到三〇五号房时，那个撑伞的抢先一步，从铁流的手里接过钥匙打开房门。铁流走进去，屋子里的灯光亮起来，陪伴他的人站在门口跟他说了几句，便熄了汽灯往回走。他们一边走一边交头接耳，在穿过院子时，我听到他们说，都这么晚了，去哪里帮他找。他们去帮铁流找什么呢？

迷糊中有一点儿重量落在肩头上，我揉揉眼睛，看见面前站着一位穿制服的姑娘。她在我身上披了一件刚织好的毛衣，毛衣还散发着崭新的气味。我说，你是这里的服务员吧？她点点头，坐下来，指着那边的一株大树，说，我一直在那边织毛衣，怕你感冒就给你披上了。我问她，刚才我睡着了吗？她说，你睡了大约一个钟头。我朝铁流的那个房间望去，屋子里的灯光已经熄灭。我又问，刚才有人上楼吗？她摇摇头说，没有，自从那两个提灯和撑伞的回去以后，院子里就再也没有人来过。我说，真的没人来过？她摇摇头，拿起石桌上的望远镜摆弄着，说，你好像是在看对面的房间。我说，我在证明一些事情，我不相信抓不到他。她用手掌捂住突然张开的嘴巴，说，你是在这里抓犯人吧。我怕吓着她，就说，只是开个玩笑，晚上睡不着，出来坐坐。她说，吃安眠药能帮你睡觉，不过不能吃多了。我吃过一瓶，后来被他们送进医院，现在就是通宵合不上眼睛，也不敢吃了。我说，肯定是跟男朋友翻脸了。她低下头，沉默一会儿，忽然抽泣起来。

她的抽泣让我不好意思，好像是我把她弄哭似的。我四下望望，生怕她惊动了别人。我说，如果哭能解决问题，我早就哭了。她可能觉得我说的有一定道理，把抽泣停下，吞吞吐吐地说，他跟别的姑娘跑了。我发出一声苦笑，顿时觉得她比我的亲人还亲。我跟她慢慢地聊，逐步知道她叫毛金花，来自农村，现在的工作是为温泉宾馆洗床单。她患有严重的失眠症，为了不打扰同宿舍的工人，每天晚上都躲到路灯底下织毛衣，然后再通过她开服装店的远房亲戚把毛衣卖出去，每一件可以挣五十元人民币。

我们展开来聊，不在乎时间，聊得快要成为好朋友了，才发现天已经麻麻亮。但是铁流的那个房间还紧紧地关着，没有一点儿动静。守了整夜，竟然没抓到铁流的半点儿把柄，我失望地站起来，把望远镜砸进包里，说，怎么会没动静，是不是已经知道我在这里了？毛金花安慰我说，没关系，说不定明天就有动静了。我挎上包，说，哪会那么简单。她举起手里的毛衣，说，如果你认为还需要好几个晚上的话，那最好是带上毛线，这样就能熬夜了。

回到家里，我感到微微有些头晕。准备倒头睡觉之前，我查听电话的留言，里面传来铁流的声音，婷婷，你去哪里了？都深夜两点钟了，怎么还不回家？回来后给我来个电话。接着传来铁泉的声，妈妈，你出差回来没有？我想回家。听完他们的留言，我拔掉电话线，走进卧室一头扑到床上，仅仅几秒钟，我就什么也不知道了。

七

在后来的几个晚上，毛金花教会我许多种织毛衣的方法。我在她手把手的指导下，能够织出较为复杂的图案了，而且能够织出手指、脚趾。

一个白天，我正在呼呼大睡的时候，铁流突然回到家里。他把卧室的门嘭地推到墙壁上。我被撞门声惊醒，吓得坐起来，一定神，看见是他，立即就把脸垮了。他背着双手进入卧室，阴阳怪气地说，能碰上你，算我今天运气好。我用手指梳理头发，扭头看着窗外。窗外正好起了一阵风，吹得树上的叶子哗啦哗啦地响。

他坐到床上，身子跟着席梦思沉下去。他说，你不是跟铁泉说出差了吗，怎么还在家里睡大觉？我的手指摸到脸上的一颗痘痘，估摸着掐，没搭理他。他把收在身后的手露出来，手里拎着我快要织完的一只带着五根脚趾头的袜子，说，前天晚上，我看见沙发上放着一顶织好的男帽，现在又在织袜子了，速度真是快呀，那顶帽子呢？我说，送人了。他把袜子摔到床上，气呼呼地站起来，在床前来回走了几趟，然后指着我说，差不多一个星期了，每天晚上你都不在家里，原来是到外面给我织绿帽子去了。我打开他指着我的手，从床上跃起，站得比他还高出一大截。本来，我想对他来几句带火药味的话，但是就在那些话即将冲出嘴巴的时刻，我突然改变了主意，我做出一副无所谓的态度，在席梦思上晃悠着，说，不能光你有女朋友，这就好像天平，只有两边都有了才不倾斜。

他的脸被我气得像涂了红墨水，脖子也憋粗了。我知道他是在憋一句话，可是那句话总也憋不出来。最后，他不得不松松领带，凭借巴掌拍到衣柜上的那股力量，把话大声地抖出来，谁说我在外面有了？我说，不用谁说，有那些迹象就够了。他说，你怀疑来怀疑去，是不是神经出问题了？我说，仅仅是差一点儿证据，等我拿到了，就知道谁的神经出问题。他说，那你就去拿证据吧，恐怕你还没拿到，我已经先把你的给拿到了。我学着他举手的样子把双手举起来，说，欢迎你拿。他怒气冲冲地转过身，像一团风卷出去，仿佛现在就去拿证据。我想他被激怒了，动起来了，尾巴就要露出来了。

招玉立打电话给我说，铁流已经到爸妈那里去谈了一次，他希望我们招家，能为我近一个星期彻夜不归的行为做出解释。尽管他动用了含蓄的写作技巧，使用了模棱两可的语言，但是多年来一直坚持阅读小说的招玉立，还是听出了他的弦外之音，那就是铁流已经反过来怀疑我了。玉立劝我适当地让让步，以免家庭破碎。我告诉玉立，再给我几天时间，如果他在怀疑我不忠的情况下，还没让我拿到把柄，那我将对他刮目相看。

晚上，我和毛金花并排坐在石凳上，盯住铁流的那个房间织毛衣。原先只有一双眼睛看着的房间，现在有了两双眼睛看着，而且毛金花还不停地提醒我，她的视力一流，过去在农村时，可以清楚地看见几个山头之外的行人。有了她的这个保证，我想应该是万无一失了。但是十一点钟之前，我们即使有再好的视力也没派上用场，流水的声音还是昨天的声音，行人也仿佛还是昨天的行人，不存在任何值得特别注意的现象。到了十一点钟，两个像是喝醉了的人相互搀扶着，从那边歪歪倒倒地过来，给冷清的小径增添了趣味。起初，我并不在意，但是当他们快走到我面前时，才发现那就是我等待已久的人，其中一个是铁流，另一个是铁流的朋友李年。他们摇摇晃晃地上楼，开门费去了一定时间。毛金花说，起码试了四把钥匙，他们才把门打开。

李年的到来，使我觉得现场一下就近了。一个连朋友的妻子都想下手的人，怎么会不在夜里干点儿什么坏事，最好他能叫上两个按摩小姐，让我一下逮住四个，那才叫意外收获。但他们像死人一般并不理会等待者的心情，我都已经为即将抓到的现行激动不已了，他们的那扇门却如同一块石头，毫无表情地摆在那里，使我和毛金花成了欣赏门板的木匠。第二天晚上，当我举着被瓷瓶划破的手指，再次坐到这里的时候，才知道门板一动不动的奥秘。毛金花告诉我，一大早，领班就叫她去收拾铁流的那个房间。她一进去，就闻到了铺天盖地的酒气，床单上沾满了他们吐出来的脏物。原来他们是真的喝醉了。

大约就在毛金花收拾房间的那个时间，我回到家里。客厅里到处都是破碎的瓷片，有的钻到了沙发底下，有的飞上了酒柜。结婚十年来，我不间断地在铁流的每一个生日，送给他一只属于他生肖的瓷羊，而他也在我的每个生日，送我一只属于我生肖的瓷狗。那些羊和狗一年一个式样，摆在架子上是二十种栩栩如生的姿态，可是现在它们全都被铁流砸烂了。

我站在色彩缤纷的瓷片中间发了一会儿呆，然后慢慢地蹲下去，把碎了的一块一块地捡到手里。每捡一块，我的脑海就浮现一次铁流送礼物时的模样，耳边甚至回响起铁流好听的声音。他一直喜欢从后面搂着我，喜欢把嘴巴贴着我的耳朵根，悄悄地来那么一句，似乎是要让那句话得到麻酥酥的耳根的帮助，长久地保存在我的记忆里。他曾经说过一句最好听的，拥有你一次，我就够了，多出来的全都是你对我的恩赐。这个声音好像还趴在客厅的墙壁上，现在正回荡在客厅里。我的身体为之一颤，瓷片划破手指，一股鲜血涌出。奇怪的是我一点儿也不觉得痛，只是觉得很伤心，我看见一滴泪打到我手里的瓷片上，它就像是大雨来临时的第一个雨点儿。

八

如果不是做好了充分的准备，铁流是不敢砸那些生肖的。我和衣倒在床上，不吃不喝，抱头想着家里发生的事情，想得头像撞了墙壁那样使劲儿地痛。从早想到晚，又从晚想到早，我的肚子首先发出了妥协的信号，它叽里咕噜地叫着，像是在跟我讨饭吃。我真想爬起来再到海霸王大吃一顿，才不管他在外面有没有女人。他连我们过去的感情都不要了，我还有什么必要把精力放到他的身上。这破罐子破摔的想法，使我的身体忽然松弛下来，心胸顿时开阔得像篮球场。

但是我只吃了一碗快餐面，就把刚才的想法给否定了，而且突然明白，人在饿着和饱着时的想法是有巨大差别的。我为了抓到他的现行，已经好几个通宵不知道睡觉的滋味了，如果现在放弃，那前面的工作岂不是白费？况且事情往往都是这样的，越到想放弃的时候，越有可能是接近目标的时候。新的想法像虫子咬着我的脑神经，我重重地放下碗筷，再也没心思吃了。一股强劲的力量把我推出家门。

这是个在冷天里难得一见的好天气，温泉的上空晴朗透明，天空中竟然出现了浅浅的彩虹。一些身体泡在温泉的大池里，只露出透气的小洞和眼睛。我提着布袋绕过大池旁边的小径爬上楼房，对着铁流的门板拍了几下，里面静悄悄的，走廊上也没有声音，安静得都想哭。我回头看着院子，院子里的水面、树叶和草片，把亮光强烈地反射上来，照得我的眼睛阵阵生痛。我在走廊上站了一会儿，提着布袋下楼，到总台打听铁流的去向。其中一个服务员对我摇摇头说，一般我们都不知道经理去哪里。我说，你手上不是有他的手机号码吗？她翻翻本子说，我们没有他的号码，除了领班，很少有人知道他的号码。我说，领班呢？她说，领班也不知道去哪里了？另一位服务员突然插嘴说，好像领班跟铁经理一起坐车出去了。

我又回到铁流的门前，坐到地毯上等他。走廊外侧栏杆的影子投射过来，我倒出布袋里的瓷片，光线里浮起一层细小的灰尘。我的手指，包括一根还贴着创可贴的手指，开始在凌乱的瓷片中寻找相关的瓷片，然后凭借记忆用万能胶水把它们粘在一起。慢慢地，我的手掌上出现了一头伤痕累累的瓷羊。我从不同的角度看它，觉得挺不错，就把它摆在面前的栏杆上。这样栏杆的影子上多出了一只羊，后来又多出了一只狗，再后来又多出了一只羊、一只狗……如此一只一只地摆下去，它们当然没有摆在家里时那么生动，甚至我有可能把一九九八年的狗腿粘到了一九九五年的狗身上，也不可避免地把一块狗肚当成了羊背，色彩出现了错乱，但它们似乎更加五彩斑斓了。

渐渐地有人把头从温泉里抬起来，往我这边张望。看的人越来越多，包括一些服务员。我没理睬他们，把那些能粘的都粘好。铁流还没有回来，我从地毯上直起身，感到腿脚有些酸麻。我伏到栏杆上，俯视楼下众多的人头，看见那个领班也挤在里面，而且正拿着手机说话，好像在搞现场直播。小妖精都回来了，怎么不见铁流？我分开栏杆上重新粘好的羊和狗，坐到它们中间，朝温泉的大门瞭望。底下的那帮人以为我要跳楼，不约而同地发出惊叫，混乱的声音像苍蝇遇到了拍子，从他们的头顶四处飞散。一种叫作刺激的东西如同冷风，灌进我的脖子，让我的身上冒出了许多鸡皮疙瘩。我突然有了跟他们玩一玩的想法，当然也包括跟铁流玩。

楼下出现了一阵小小的骚动，我看见毛金花这个大傻瓜扛着五床棉被，挤到楼前，把它们铺在地上。两个保安扯起一张雪白的被子，对着我正在晃动的双脚，做出一副舍己救人的架势。几位刚从温泉里跳出来，腆着大肚子只穿着三角裤衩的游客走近保安，一起把被窝拉得像绷床。他们的身体挂着水珠，只一眨眼就把站着的地方淋湿了。我在心里暗暗叫苦，毛金花啊毛金花，你这不是明摆着要我跳下去吗？

小妖精的手机又响了，她仔细地听着。直觉告诉我，这是铁流打来的。她听了一会儿，叭地合上手机，从人群中撤出去，慌张地往宾馆那边跑。我对着她的背影喊，快去把你们的铁经理叫来。她像是被我的声音绊住了，双腿一闪，几乎跌倒在路上。但她毕竟有经验，声音吓不倒她，很快她就稳住身子，回头扫了我一眼，接着往前跑。这时我才看见铁流正拉着铁泉跑过来。

铁流把铁泉丢给小妖精，自己跃过几个路障，以短跑运动员的速度跑到楼前，还没把气喘顺，就对着楼上举起双手，说，别别别，千万别跳，婷婷，我们可以商量。我拿起栏杆上的一只瓷狗，举到阳光里看着。铁流说，我错了，我不应该砸烂它们，但是必须说明一下，砸它们的时候我喝了很多酒。我晃动双脚，连看都不想看他，一只高跟鞋从我的脚上落下去，掉到他们拉开的被窝里。人群一片喧哗。铁流紧张地昂着头，说，我明白你的意思，我不应该找理由。他的检讨并没能阻止我的另一只高跟鞋，它从我的脚上滑下去，和它的同伴躺在一起。

楼下变得繁忙了，被窝移动着，人群晃动着，好多嘴里发出更为强烈的惊叫。忽然，我听到一个亲切的声音，从嘈杂的声音中脱离出来，那是带着哭腔的铁泉的声音，他在大声地喊我。我扭头看下去，他站在最前面，抹着眼泪说，妈妈，我记起来了，那天晚上爸爸是回家了。我说，泉儿，这里不用你管，叫你爸爸说话。铁流结结巴巴地说，只要你不跳，什么条件我都可以满足你。我说，没别的条件，只希望你说实话，你在外面到底有没有？铁流低下头。我说，求你别再骗我。铁流说，如果你不跳，那我就认了。

他终于承认了。要不是给他一点儿压力，他会承认吗？我把垂着的双脚收回来踏着栏杆，准备结束这场快要变成真实事件的游戏。忽然我像被棍子敲了一下，轰地倒到走廊上。

九

铁流的三〇五号房现在被我占用了。床头柜上除了摆着那些重新粘好的生肖，还放着一篮多少有点儿夸张的鲜花。我像一个病人躺着，手背处吊着针。一位刚刚从国外回来的医生，在敲过我的手指，翻过我的眼皮，刮过我的脚底，测过我的血压，摸过我的脉搏，听过我的心脏之后，撇撇嘴，露出一丝难以觉察的怪笑，似乎怎么也不理解我为什么还要躺着？他把听诊器从耳孔移到脖子上，转身对铁流一张嘴，立刻就印证了我的猜测。他说，她的生命指征没任何问题，可能是过于紧张了，休息休息便没事。铁流放心地点点头，把医生礼貌地送出去。我的脑海里突然跳出一首诗歌的标题——送瘟神。我知道这个时候，不应该突然想起这样的标题，但是它就像喷嚏一样让你无法阻挡。

看着滴答的药水，我感到百无聊赖，忽然铁泉斜挎着书包跑进来，他的小脸蛋被风吹得红扑扑的。擦了一把额头，他从书包掏出一块巧克力递给我，说，一放学，爸爸的司机就把我接过来了。我把巧克力推回去，说，你吃吧。他剥开巧克力，塞到我的嘴里。我闻到了一股令人讨厌的气味，嘴里的巧克力全都吐了出来。我说，这是什么味道？铁泉抽了抽鼻子，说，没什么味道。我四下张望正在寻找味道，味道就出现在门口了。

小妖精提着一袋水果来到床前，脸上的每个地方都是笑的。她把水果放到茶几上，坐到床边，亲切地喊了一声嫂子。如果不是她身上那股特殊的香水味，我真愿意被她的那声喊好好地感动一番。但是，她的香水味让我产生了不愉快的联想，所以我对她声情并茂地喊，不仅不感动反而排斥。也许她从我皱着的眉头上看出了我的情绪，原本过于亲切的语言慢慢地缩回去，问候越来越格式化。她的声音被我忽视，而她的香水味却在我的脑海渐渐膨胀。那气味重重地压下，几乎把室内的氧气挤光了，我呼吸变得困难了。我抬手掩住鼻子。她被我的这个动作弄得脸红了，知趣地走了。

我叫铁泉马上打开抽风机，还叫他把窗户最大限度地敞开。我举起巴掌不停地驱赶面前的空气，小妖精的香水味像退潮的水，从我的鼻尖前一点一点地隐退。

铁泉坐到我的床边。我问他，刚才闻到了什么？他摇摇头。我抽抽鼻子，把盖在身上的被窝拉到鼻孔底下闻了闻，一股类似于小妖精的那种香水味扑面而来，好像那味道能够传染。我怕是一种错觉，就把被窝递到铁泉的鼻子前，让他闻。他闻了一下，木然地看着我。我说，这上面是不是有一股阿姨身上的味道？铁泉说，我的鼻子还没长大，闻不出来。我又闻了一下被窝，不是无中生有，那种味道千真万确地贴在上面。

我问铁泉，你是怎么突然记起爸爸回家的？他说，是爸爸提醒的。我说，那你认真地想一想，那天晚上爸爸到底回没回家？以前，你是说爸爸没回家，现在怎么又改口了？他想了想说，好像回了，又好像没回，我都被你们问迷糊了。我说，爸爸是怎么提醒你的？他离开床，笔直地站着，摆出讲故事的姿势，清了清嗓子，用手比画着说了起来。

他说，那天，爸爸把我从小姨那里接到车上，车子就呜呜呜地跑开了。我问爸爸去什么地方？他说妈妈生气了，要跳楼了，都怪你没跟她说清楚。我听说妈妈要跳楼，就哭了。爸爸抱着我说没关系，只要你跟她说我记起来了，那天晚上爸爸回家了，妈妈就不跳楼了。

想不到铁流这么卑鄙，我气得拍了一下床铺。一拍完，我就知道这一巴掌拍错了，它仿佛拍中了铁泉的身体，吓得他双眼紧闭。我说，儿子，妈妈不是生你的气，而是被你的故事打动了。他的眼皮跳开，黑漆漆的眼珠子飞快地转动，像是获得了一份意外的奖赏，脸上不再有害怕的表情，嘴唇颤动着似乎还要说话。我说，你讲得不错，继续吧。他又清了清嗓子，比画起来，说，还有一个夜晚，妈妈你不在家，爸爸要我和他一起回忆那个晚上。他把我放到床上，给我盖上被窝，还让我假装打呼噜，然后，他从客厅走进来，掀开我的被窝，把我抱到厕所，为我把了一泡尿，又把我抱回床上。他说那天晚上，我就是这样给你把了一泡尿，你怎么记不得了？

铁泉学着他爸的腔调，双手像为孩子把尿那样把着书包，在我的床边走来走去。没想到他把他爸学得那么像，我差一点儿就笑起来。我想，铁流明摆着是在给儿子灌输，哪里是在回忆。我说，你和爸爸就回忆了这些？他说，就这些。我说，没再回忆别的？他点点头，没注意我板起来的脸，又开始学他爸爸把尿。突然，一声呵斥从门口传来，铁泉，你在干什么？铁泉一扭头，慌张地丢下书包，倏地钻进我的被窝，紧紧地搂住我，浑身发抖，仿佛一只刚刚从冷水里逃出来的小狗仔，一头扑到热乎乎的母狗身上。铁泉在发抖，我在发抖，被窝也在发抖。从他抖动的身上，我知道他有多害怕，而我的发抖完全是因为气愤。

铁流沉着脸走进来，忽然又咧嘴一笑，说，儿子毕竟是儿子。我说，你都已经承认了，何必还要吓唬他。他说，那都是你逼的，如果不是怕你断胳膊缺腿，我何至于当着那么多人的面说假话。我说，你就不要再狡辩了，告诉我，她是谁？他说，我正想问你呢，她到底是谁？

十

知道这个问题的重要，所以我在做出决定之前犹豫了好几天。我先是问来收床单的毛金花，然后又分别问了送开水、吸地毯和抹桌子的服务员。我问她们，路塘温泉是不是统一发香水了？她们都摇摇头说没有。我又问她们，谁给铁经理的房间洒香水了？她们还是摇头。

就在第五天，当铁流提着鸡汤走进来的时候，我突然从床上欠起身子，拔掉了扎在手背上的针头。他放下鸡汤蹲到床边，按住我流血的手，说，你这是干什么？我说，不干什么，只想和你商量一件事。他说，我照办就是了，还需要什么商量？我说，这段时间以来，我对你确实有点儿过分。他咧开大嘴说，哪里哪里。我说，我也不想再这样下去了，但是你能不能答应我一个条件？如果你能答应，那就说明我对你的猜测完全是发神经。他仍然保持着笑容，像逗小孩子那样拍拍我的头，说，即使我答应了你的条件，也不能说明你过去的猜测没道理，现在的这种风气，没理由不让你猜测，好多女人就是因为没看好自己的老公，最后飞了。我说，你尽拣好听的说，是不是还在把我当那种不正常的人？他退回去，端过鸡汤，用勺子喂了我一口，说，谁把你当那种人，谁就是那种人。我说，那你能不能把那个领班给辞了？他手里的勺子一晃荡，鸡汤洒到床单上。我说，我就知道你会为难。他说，这是个大事情，得问舅舅。我说，就不相信你把她辞了，舅舅会拿你怎么样？他面露惊讶的表情，说，你不知道吗，她是舅舅的人？我打落他手里的勺子，把头扭向一边。他放好鸡汤，在房间里走来走去，像是面临困难的大人物那样思考着。尽管我看不起他的思考，但我还是从床上下来，走到屋外的走廊上，让他单独待一会儿。

他以舅舅还没从香港回来为理由，对我交代的事情一拖再拖。我告诉他，随你拖多久，反正我也需要在温泉疗养，你什么时候把这事情办了，我就什么时候回去上班，如果你不想办，那我就辞职陪着你。他以一种商量的口吻问我，如果把她辞了，那去哪里找一个像她这么能干的领班？我说，已经为你想好了。他说，谁？我说，招玉立。

一个太阳炽热的下午，我坐在房间里一边织毛衣一边看着那些酸不溜丢的电视剧，突然一位服务员跑进来通知我，要我赶快到温泉的八号山庄。不用说，我就知道是舅舅从香港回来了。八号山庄被围墙严密地圈住，后面是住的，前面是露天小院，院子里有一口鹅卵石砌成的池子，里面长年流淌着温泉。我站在院门前犹豫了一下，推开门，看见舅舅像一只癞蛤蟆泡在池子里，淡淡的雾气从水面腾起来。铁流西装革履端着茶杯蹲在池子上，俯身对舅舅说着话。两位着装整齐的女服务员垂手立在一旁，随时听候吩咐。

舅舅听到了推门声，微微扬起头说，婷婷来了。我走过去，服务员给我搬了一张椅子。舅舅在水里改变一下姿态，把不太雅观的部位沉到较深的水里。我坐到椅子上。铁流对服务员摆摆手，她们低头退出去，把门轻轻地关上。舅舅说，你的要求铁流都跟我讲了，但是这个领班跟了我那么多年，你干吗要跟她过不去？我看了一眼铁流，说，他不是跟你全都讲了吗？舅舅哎了一声说，怎么会呢？我是看着铁流长大的，他即使有这个贼心也没这个贼胆呀。我说，事情都是在不断变化着的，就像过去我一直崇拜你，但自从那个晚上，你在我们家当着我的面跟领班调情之后，我对你的看法就不再是过去的那种看法了。铁流呼地站起来，对我一瞪眼，说，你瞎说些什么呀。舅舅摆摆手，说，没关系，你很真实，既然你那么痛快，那舅舅就直话直说。

我盯着舅舅，看他能说出什么直话来。他双手掬起一捧水抹到脸上，仿佛要抹掉脸上不好意思的那一部分。铁流递了一条毛巾给他，他接过去擦干脸，说，你已经知道领班跟我的关系了，为什么还怀疑铁流？难道我们舅甥俩会同时去争一个女人吗？我说，舅舅，这也不是什么稀奇的事。铁流跳起来，抓起我胸口的衣服，想把我推出去。舅舅抬手制止他，说，你让她把话讲完。铁流看了一眼舅舅，松开手。我拍拍被铁流弄皱的衣服，再次坐到椅子上，双手轻轻地压住膝盖，目光从我的脚尖摇到水池，摇过舅舅宽大的肚皮，摇到铁流的脸上。我盯住铁流说，就像铁流的那个朋友，他一直崇拜铁流，说是要把铁流的小说翻译出去，铁流当真了，经常带他到家里来吃吃喝喝，我也觉得这个人挺诚实厚道，可是……就在我和铁流闹事以后，我去找他打听铁流的情况，他竟然，想占我的便宜……

我说得眼泪都想流出来了。铁流的手一颤，说，你是说李年吗，他怎么会这样？舅舅扭头瞟了一眼铁流，又瞟了一眼我，似乎现在才明白我和铁流的问题远没有他想象得那么简单。我咬了咬牙，说，所以，现在谁也不敢保证有些事情不会发生。舅舅说，铁流，既然事情这么复杂，你的意思呢？铁流像被谁戳了一下，慌忙地弯下腰，说，什么意思？舅舅说，就是换领班的事，我想听听你的意见。铁流支支吾吾，一时找不到主意。舅舅说，你就说你最想说的。铁流说，如果单从家庭考虑，我是想把她换掉，但是她很能干……舅舅说，但是什么？就这么定了。

铁流抬头看着我，说，这下你该放心了吧。我说，这也不只是为了我。舅舅突然打了一个喷嚏，说，我也得给你们开一个条件。铁流把腰弯得更低，我的身子往前倾了倾。舅舅说，从今以后，你们就不要吵了。铁流不停地点头，一副听话的样子。我说，谢谢舅舅，你不是在开除一个领班，而是在挽救一个家庭。舅舅露出一个笑，又飞快地收回去了。我觉得舅舅笑得不是时候，而且这像是一个非同一般的笑，里面有一种饱经风霜的气质。

十一

招玉立意外地做了温泉度假村的领班，她每天都给我打一个电话汇报铁流的表现。在她的嘴里，铁流不仅是一个有才能的人，还是一个脱离了低级趣味的人。她说，姐夫从来都不把那些漂亮的姑娘放在眼里。随着电话次数的增加，招玉立把铁流捧上了天，甚至认为我对铁流的怀疑是多余的。有了招玉立的这句话，加上铁流每个星期都回家报到一至两次，我心里呈现了一种大风大浪之后的彻底平静。

每到月中，铁流的存折上就会多出一万块钱，我开始用这些钱更换家具。我买了一套真皮沙发、一张橡木茶几、一台三十四英寸的彩电、一组红木矮柜、一张雕花玻璃餐桌、一台电脑……它们一件是一件，像尊贵的客人来到我家。那些从前曾经到过我家的朋友，现在基本上都认不出我的家了，它的变化似乎比中国股票的变化还要快。当然变化着的还包括我花钱的心理，过去我每花一分钱就心如刀割，现在我花钱越多心里就越痛快，好像那不是在花钱，而是在告诉人们，有钱的人也会幸福，并不像书上说的，幸福只属于那些没有钱的人。

后来，季节发生了变化，秋天来了，天气逐渐转凉，一个重大的日子正在临近。我利用时间的缝隙，把过去没织完的毛线捡起来，断断续续地织下去，赶在那个日子到来之前把它织完。然后，我就坐在家里等待消息，以为铁流会记住那个日子。但是电话像是坏了似的，一天比一天沉默。我想一定是太多的工作，让他忘记了自己的生日。于是我和铁泉达成协议，决定给他一个意外惊喜。

下午，我们换上新装，买好了蛋糕，准备到路塘温泉去。我看了看墙壁上的电子钟，发现时间还很宽裕，就把包里的东西掏出来检查一遍。铁泉好奇地看着，我把那些东西一件一件地往铁泉的身上贴。那是一些米黄色的东西，是我为铁流织的一顶帽子、一个围脖、一件毛衣、一副手套、一条长裤、一双带脚趾头的袜子。铁泉把那个围脖从头上套下去，围脖遮住了他的脸。他说，爸爸如果把你织的全部穿上，那他就连一个地方也不能露出来了。我笑了笑，想这正是我的意思，我要用这些东西把铁流从头到脚严严实实地罩住，让他不再有多余的想法。

出租车停到度假村门口，我们提着蛋糕、毛线织品从车上下来，就像游客那样一边走一边欣赏路旁的树林和花草。走了十多分钟，我们到达目的地。我掏出偷偷配制的钥匙朝三〇五号的门锁戳进去，扭了扭，门锁没有动。我把钥匙掏出来仔细地看了一遍，再次戳进去，门锁稍稍动了一下，但像是被什么东西卡住了没法扭开。我产生了一种不好的预感，想铁流是不是和什么女人待在里面？我按着门铃不放，还用脚不停地踹门板。表面上屋子里静悄悄的，但仔细一听却有轻微的忙乱声，甚至还夹杂着马桶的冲水声。这些不容置疑的动静，坚定了我的想法，或许我一直想抓却始终没让我抓着的现行就要出现了。我变得异常兴奋，把门拍得比放炮仗还响。

突然，门板闪开一道缝，铁流乱蓬蓬的头发从里面伸出来，接着我看到他慌张的脸，还看到他衬衣扣错了纽扣，没有系领带。我推门想进去，他顶住门板，说，我们正在谈工作，能不能过一会儿再来？铁泉举起手里的蛋糕，说，爸爸，祝你生日快乐。夹在门缝里的铁流看了一眼铁泉，发出一丝苦笑，哀求，你能不能让儿子回避一下？我巴不得铁泉也看看现场，好让他将来为我证明，反正迟早他都会知道，晚知道不如早知道。我强行推开门，铁流闪到一边，说，不管发生什么，我都希望你能冷静。我对着他大吼，我不想冷静。

我冲进房间，没看到预料中的女人，只看到乱糟糟的被子搭在床上。我掀开被子，床上有两个枕头斜躺着，一筒卫生纸夹在枕头中间。床单皱巴巴的，只铺住半边床，显然刚刚遭遇过蹂躏。我抬起头在房间里寻找，屋子里除了我们一家三口没有多余的人。铁流忽然笑了起来，说，刚才我是故意演给你看的。我不信，打开衣柜，没看见人。我冲进卫生间，里面也不见人影。阳台的门敞开着，我冲到阳台上朝楼下张望，楼下是两排浓密矮小的冬青，它们在风中微微地颤动，像什么事也没发生。我被眼前的现象给弄糊涂了，从阳台慢慢地走回来，想这到底是怎么回事？

铁流绷紧的脸忽然松弛下来，眼睛里出现了看到希望时的那种光芒。铁泉问，妈妈，你在找什么？我没回答，目光像尖刀那样盯着铁流。铁流把手搭到铁泉的头顶，说你妈妈又犯病了。我指着床铺说，你怎么解释？铁流说，不就是一张床吗，还需要什么解释？我说，这就是现场。铁流说，这怎么是现场？我一个人睡觉就不能把它搞乱吗？难道你连床单也要管吗？我说，卫生纸呢？他说，卫生纸也不能说明什么问题，我的鼻子发炎了，有时需要它来擦鼻涕。我说，你抽鼻子给我听听。他说，抽就抽。他真的抽了抽鼻子，鼻孔里没发出什么惊天动地的声音，不像是患鼻炎的人。我说，这样的鼻子怎么会在睡觉时流鼻涕？他说，我的鼻子又不是你的鼻子。我说，不管，反正我认为这就是现场。他说，那另外一个呢，至少得有两个人才算是现场吧？我说，干吗一定要同时抓到两个才叫现场，没有杀人犯的现场就不叫现场了吗？他说，那你还得补充大量的证据。

我伏在床上找着，没有发现所谓的长头发。但我不相信他们没留下任何蛛丝马迹。我拉开左边的床头柜，没发现什么，又拉开右边的抽屉，一盒避孕套赫然扑来。我抓起它，打开，看见里面有三个空壳，也就是说在我进门之前他们已经做了三次。我气得全身哆嗦，抓起那盒已经放在茶几上的蛋糕朝着铁流的头部狠狠地砸去。蛋糕涂在他的脸上，把他的眼睛全都遮住了。他伸手抹了一把脸，说，不知道是谁要陷害我，竟然在我的抽屉里放那些东西。我拉着铁泉冲出房间，都到了这个份儿上，他还在撒谎。

十二

当我的泪水差不多流干的时候，门铃被人按响了。透过猫眼我看见妈妈站在外面，就找了一副墨镜戴上，让妈妈进来。妈妈说，你的眼睛怎么了？我说，得了红眼病。妈妈说，叫你不要熬夜，你硬要熬，现在把眼睛都熬坏了，那点儿稿费还抵不上买药的钱。妈妈说着，弯腰收拾乱糟糟的茶几。我想把发生的事情跟妈妈详细地说说，但是妈妈却直起腰来，告诉我一个不幸的消息。她说，玉立住院了，她怕影响你写作，没让我告诉你。

为了不让玉立看到我哭肿的眼睛，走进她病房时，我仍然戴着墨镜。她躺在洁白的床上，脚上打满了石膏。一看见我，她想坐起来。我用手止住她。她拉住我的手，哭着说，都怪那辆摩托车，如果不是它的刹车有问题，我就不会把脚给摔了。我安慰她，为她掖了掖被子，无意中发现她的身上布满了树枝划破的纹路。她慌忙地把衣角压住，脸上顿时浮起一层红晕。我的脑袋轰地一声炸开，顿时感到房子像发生了地震那样转动。

我摇摇晃晃走出病房，扶着走廊的墙壁站了一会儿，然后来到医生的办公室。翻开招玉立的病历，我看见她住院的时间是十月七号下午六时，那正好是我离开铁流房间后的一个小时。应该说，一切都真相大白了，招玉立的脚不是骑什么摩托车跌断的，而是从铁流的那个阳台上跳下去时跌的，要是没有那些冬青树，也许她会伤得更厉害。

这样的猜测遭到了全家人一致的臭骂，除了铁泉，他们都不相信我。我只好躲开他们，带着铁泉到莲花河谷去旅游。在莲花河的游船上，我无心于风景，只是不停地跟铁泉说话。我说，其实我也不想怀疑你爸爸，但是他的漏洞太多了，比如他的那件睡衣到底是谁买的？为什么要砸那些生肖？送他回房间的人半夜里去给他找什么？他床上的香水味和小妖精的香水味干吗要一模一样？他咬定说那个晚上他回家了，还问你他的衣服漂不漂亮，可是后来他跟你一起回忆的时候，只是说帮你把了一泡尿，并没有提起问过你问题。铁泉铁青着脸倾听，随着谈话的深入，他仿佛一下就长大了，变得成熟多了。他咬着牙齿说，妈妈，我突然记起来了，那天晚上爸爸真的回过家。

我抚摸着铁泉的脸蛋说，你又瞎说了。他说，这次不是瞎说，是我真的记起来了。我说，泉儿，我明白你的意思，你是害怕爸爸和妈妈离婚。他摇摇头说，不是，是因为出来旅游突然就记起来了。我扭头看着流淌的河水，几片黄叶在水面漂荡，就像我的往事。我轻轻地说，儿子，即使你记起了那个晚上也没有用了，因为和后面的事情比起来，那个晚上比鸿毛还轻……我，我和你爸爸已经没有爱情了。铁泉紧紧地搂着我，这是他平生第一次搂着一个人。他说，我要你们像过去那样还有爱情，我叫爸爸爱你。我摇头，看着那几片黄叶漂远，泪水涌出眼眶。我只知道抓住现场，却从来没想过，抓到现场以后该怎么办？

铁泉一个劲儿地催我回家，他说他不想旅游了。但是我不愿意那么快回去，我需要把乱麻般的思绪整理整理。大部分时间，我躺在宾馆的床上看天花板，上面有几只蜘蛛我都数清楚了，却还是不想回去。铁泉不时地问我要钱去买零食。他要的次数太多了，我就吼他，你真不懂事，妈妈都这样了你还来烦人。铁泉的眼眶一下就潮湿了，最后竟然哭了起来。我把一沓钱给他，说，都拿去吧，别来烦我。他抽泣着，从里面抽出几张小票，走出房间。我悄悄地跟踪，看见他进了电话亭。原来他是用吃零食的钱给他爸爸打电话。铁泉在电话里争辩着，还像大人那样一边说一边打着手势。我冲过去，叭地挂断电话，把他从电话亭里拉出来，双手搁在他的肩上说，泉儿，这种事太重了，你还挑不起。

晚上，我木然地躺在床上，电视屏幕闪着雪花点。我也没心思管电视，只是为了让它开着而开着。铁泉从门外走进来，关掉电视机，说，妈妈，我已经把回去的时间告诉爸爸了。我说，干吗要告诉他？铁泉说，我想试试，看他还爱不爱我们。我说，这还用试吗？他爱的话，就不会做那些对不起妈妈的事。铁泉说，如果爸爸到火车站来接我们，就说明他还爱。我说，你认为他会来吗？铁泉点了点头，像是很有把握。我拍拍床铺，说，除非他的脸皮比棉胎还厚，要不他绝不会来。

出门后的第十五天傍晚，我和铁泉回到生活的城市。走出火车站，铁泉的目光在攒动的人群里飞快地搜寻，没看见那个我们拔过白头发的脑袋，也没有那张被我用蛋糕涂抹过的脸。铁泉垂头丧气，跟着我往前走。突然，他的脸绽开了。他指着一块巨大的崭新广告牌叫道，爸爸。我抬头看去，那是一块新立的广告牌，以路塘温泉湛蓝的水池为背景，前景是一个和广告牌一样高大的，从头到脚都套着米黄色毛线织品的男人，一看就知道那是铁流。他把我给他织的全都套在了身上，连眼睛都没露出来，那些毛线像水一样紧紧地缠绕着他。他的身旁有一行广告词，拥有你一次，我就够了，多出来的全都是你对我的恩赐——路塘温泉。

我的头一下就大了，耳朵燃烧起来。我用双手不停地搓着耳朵，似乎要把铁流说过的话一一搓掉。铁泉昂起头，咧开嘴说，爸爸原来是用广告牌来迎接我们。我说，你理解错了，这是出卖。铁泉说，我不明白，他不是穿上了你给他织的衣服吗？我说，泉儿，你一定要记住，有些话只能说给一个人听，有的衣服只能穿给一个人看，当一个人把最秘密的都亮了出来，那和公园里翻开屁股的猴子就没区别了。铁泉点点头说，妈妈，我好像明白了。

铁泉拉起我的手。我紧紧地牵着他，坐上一辆出租车。没想到马路两旁，还立了不少路塘温泉的广告牌，爱的悄悄话变成了公开的叫卖。忽然，窗外闪过人民法院的牌子。我说，停车。飞奔着的出租车滑出去十几米，才怪叫一声打住。司机问，干吗在这儿停？我走下去，嘭地关了车门，对着大街上那些陌生人喊道，我要离婚。

美丽金边的衣裳

希光兰凭直觉判断，眼前的这个男人有钱，并且床上功夫很好。她的这种判断缘于男人下巴上一块隐约可见的伤疤。那块伤疤像一条虫，潜伏在他茂密粗壮的胡须里。他一边喝咖啡，一边用手不停地摸下巴。希光兰想，这是一条大鱼，千万别让他跑了。这么想着，希光兰离开了座位，走到柜台边把她和他的咖啡钱付了。但是希光兰还不知道他的名字，暂时还不能证实她的猜测。

第二天晚上，希光兰跟自己打赌，相信那个男人一定会坐在昨夜的位置上。希光兰犹豫了一下，终于推开南岛咖啡馆的大门。果然，她看见那个男人端坐在昨夜的位置上，低头慢慢地搅动咖啡。他似乎是注意了修饰，穿了一套更为笔挺的西装，嘴上的胡须已经剃过，那一块疤痕更为醒目地挂在下巴，周围的皮肤恨不得把它吞没了。

在走进南岛咖啡馆之前，希光兰反复提醒自己，暂时不要向那个男人靠近，走进去只是为了证实自己的猜测。当猜测被证实，她的心头一阵狂喜。她想自己跟自己赌也挺好玩的，赢了自己如同赢了别人，感觉好极了。她带着胜利者的姿态正欲离开，忽然看见那个男人的对面，也就是她昨夜坐的地方，也放着一盅咖啡。男人对着那个空位喃喃自语，还不时伸手过去为对方搅动咖啡、加糖，仿佛他的面前真的坐着一个什么人，只不过别人看不见罢了。

希光兰在那个男人看不见的地方多待了一会儿，又产生了赌博的欲望。她想，那个男人对面坐着的女人，那个别人看不见的女人是不是我？一定是我，那个男人一定是在等我。

表演与窥视持续了一星期，希光兰兴奋的心情，就像那个男人嘴上的胡须一天一天地茁壮成长，最终，她坐到了那个男人的对面。那个男人警觉地抬起头来，说，对不起，这里已经有人了。希光兰很失望，迟疑片刻，正准备站起来离开，就听到那个男人愈来愈重的喘气声。男人张着嘴，想说什么却又说不出来。希光兰想，真他妈的扫兴。

那个男人的上嘴唇和下嘴唇经过一阵紧张地拉扯后，终于合到一起，它们像两个巴掌拍出一个声音，这位置就是留给你的。希光兰想，我又赌赢了。男人说，我想你一定会来。希光兰说，凭什么说我一定会来？男人说，你喜欢听真话或是假话？希光兰说，当然是真话啦……。希光兰把那个啦字拖得很长。男人说，我长这么大，从来没有女人为我买过单，从来都是我付款，而上周你却给我付了咖啡钱，这就是我一直坐在这里等你的原因。希光兰说，可这并不是我再回到这个座位的理由。当然不是，那个男人提高嗓门，他的嘴唇又抖动了一阵，声音很细很匀地从嘴里跑出来，但是你为一个陌生人付款不能说没有目的，至少你找到了优越感，像一个高高在上的富翁俯视被你救济的穷汉，或者说你的举动使你一下子有了道德优势，于是你就像一只猫调戏一只老鼠，假装撒手不管，做得很洒脱，其实目光始终没有离开老鼠。富人喜欢回过头去看穷人，猫最终还要把爪子搭到老鼠的背上。我猜想你一定来过南岛咖啡馆，并且看见我在这里等你，只不过你故意不走到我的面前来。希光兰说，没有，我绝对没有看见你在这里等我，上周的事我早就忘了。

也许是当时收银员找不出零钱，我就把你的款付了。不过才十几块钱，想不到你这么在乎，而且我还不敢肯定那个男人就一定是你。是我，那个男人指着胡须里的伤疤说，我这里有一块伤疤，我发觉你对它很感兴趣。希光兰突然有了一丝激动，朝着那条虫子似的潜伏在胡须里的伤疤笑了笑。

那个男人跟着希光兰走进卧室，他看见希光兰的梳妆台上摆着一个精巧的铁架子，铁架子上挂着红、黄、绿三盏小灯。那三盏小灯和十字路口的交通灯一模一样，它们简直就是交通灯的缩影。难道这个女人是交通警察的家属？那个男人说，在你这里，是不是红灯受阻绿灯通行？那不一定，希光兰漫不经心地说着，顺手关掉了卧室的灯光，只留铁架子上那盏小小的红灯亮着。

红灯的光芒散落在卧室的衣架上，裙子和衣裳在灯光之下蠢蠢欲动，衣袖莫名其妙地举起来，欢快地舞蹈，男人被那些五颜六色的服装迷住了。希光兰叭地关掉电风扇，服装们都平静下来。希光兰还调了调红灯的角度，男人看见红色全都散落在床上。那是一张充满诱惑的床，灯光给了他暗示。他走到床边，躺下去。希光兰在他的下巴上摸了一把。他变得异常兴奋，把希光兰狠狠地摔到了下面。

一股刺鼻的气味扑面而来，他想这是什么气味？他这么想着的时候，动作明显地慢了下来。希光兰双手揽住他的腰，帮助他加快速度。但他显得有些迟疑，仍然被那股刺鼻的气味纠缠不休。这是油漆的气味，他觉得她的全身上下充满了油漆的气味。他在油漆的气氛中兴奋、战栗、抽搐，渐渐地油漆的气味退远了，外部的世界愈来愈虚无缥缈，他进入一种忘我的境界。他想呼喊。他不停地喊小希、小希……

忽然，他被希光兰推了出来，那些随着喊声降临的液体喷洒在希光兰洁净的腿部以及床单上。他像被拦腰切了一刀，突然松弛，说，你为什么这样？希光兰说，因为不公平，我还不知道你的名字，你却知道我叫小希了。你一叫我的名字，我就没有兴致。你那么不停地叫我，和那些熟悉我底细的人丝毫没有区别。我喜欢陌生。他说，对不起，我叫丁松。

滚！希光兰突然大叫一声，我并不想知道你叫什么松。希光兰把他推出卧室。他的衣服从门缝里一件一件地飞出来。他想，现在，我不是丁松，而像一只狗。他把头从门缝伸进去，看见希光兰赤身裸体站在灯光里，液体正在她身上的某些部位滑落，就像雨滴从阔大的树叶上滑落。

门嘭地一声关上了。希光兰相信，那个名叫丁松的男人还会回来。她曾经这么大大方方地放走许多男人，最终他们都回到这个地方。但让她弄不明白的是，丁松怎么知道希光兰这个名字？她最不喜欢别人叫她的名字。跟男人打交道，她常常用一个字母来代替自己，A、B 或者 K。现在，许多男人只知道她叫 B，而不知道她叫希光兰。

她发现梳妆台上压着一张保险公司开给她的保险单，那上面写着希光兰三个字。她想，我总竭力简化自己，但有些时候怎么也不能简化。对保险公司来说，B 绝对不等于希光兰。

大约过了十五天，希光兰没有看见丁松的影子。她想，这只老猫看来是占惯了便宜，不会再来了。希光兰一边这么想着，一边又抱着希望，他怎么会不来呢？我和他就像一盘没有下完的棋。

丁松其实来过两次。他敲希光兰的门时，看见一颗陌生的人头夹在门缝里，把他从头到脚水洗似的看了一遍，然后问他，找谁？

他说，希光兰。那颗头来回地摇说，没有这个人。丁松抬头像打量老熟人一样重新打量楼房，怎么会没有呢？丁松自言自语，那天晚上，我就是从这里走出去的。那颗人头从门缝里缩了进去，说，没有就是没有。丁松抢先一步推开屋门，说，慢，她是不是不想见我？丁松话音未落，双脚已经踏进了客厅。他看见屋角还坐着一个女人，和给他开门的女人长得一模一样，她们像是母女又像是姐妹。两个女人四只眼睛奇怪地盯住丁松。丁松感到脊背一阵阵凉，发觉这房屋的结构和他的记忆是吻合的，只不过主人换了房间的家具，摆设也全变了。丁松说，你们是不是刚搬进来的？我们在这里住了一年多，那个开门的女人说。

丁松从房间退出来。他一边往回走，一边回头打量这幢楼房。他相信他的记忆，但他弄不清在什么地方出了差错。又过了两天，丁松再次来到这里，他用食指的关节轻轻地敲门，里面没有任何反应。丁松仍然固执地敲着。一连敲了两分钟，门哗地一声拉开，丁松又看见那四只不太友好的眼睛。他的记忆完全彻底地向现实投降了。他想，和希光兰的故事就像一场梦，或许根本就没有发生过。一个人在大白天去找梦里的人物，这不是开国际玩笑？丁松用手不停地掐自己的胳膊和大腿，胳膊和大腿都有痛感。他想现在的丁松是真实的丁松，现在的想法是真实的想法，只可惜，那天晚上我为什么不掐一下我自己？

走进工地，丁松突然闻到一股刺鼻的气味。他问司机，这是什么气味？司机说，没什么气味。丁松说，有，你跟我来。丁松很神秘地向司机招手。他们从一楼走到二楼，没有找到气味的来源。他们再上到三楼，仍然没找到那股气味。走到四楼时，他们看见一大桶绿色的油漆泼洒在地板上，油漆工李四正在用刮刀把泼出来的油漆一刀一刀地刮回铁桶里，刮刀在铁桶上刮出一声声嚎叫。丁松说，是谁碰倒了油漆？李四说，不是我。丁松说，不是你是谁？我要扣你这个月的奖金，楼房还没交付使用，你就把地板全弄脏了。李四说，真的不是我。

油漆的气味，使消失了几天的那个名字，又回到了丁松的脑海。他突然变得狂躁，从司机手里夺过钥匙，驱车一路狂奔，到达希光兰居住的那幢楼前。他告诫自己冷静，于是不急着上楼，而是站在楼前仰望。他的目光最先落在三楼的阳台上。三楼的阳台光秃秃的什么也没有。四楼的阳台挂满了衣裳，在衣裳的中间夹杂着一条粉红色的裤衩。这条似曾相识的裤衩照亮了丁松的双眼。一直，他都把三楼当作希光兰的住所，其实希光兰的住所在四楼。

丁松露出胜利的一笑，一口气冲上四楼。他先是敲门，门内没有动静，他就用脚踹。他的脚刚碰到门板，门便打开了，原来那门根本没锁。他看见希光兰穿着睡衣躺在床上，像是早有准备。他朝希光兰扑过去，希光兰就势一滚，他扑了一个空。但是，希光兰马上又滚了回来，正好滚在他的怀里，两张嘴不约而同地碰到一起，其他动作紧跟而来。丁松又闻到了油漆的味道。丁松和希光兰同时喊叫，丁松喊女人的名字，希光兰喊男人的名字，他们比赛喊着，一个名字比一个陌生……当他们把想喊的名字都喊过之后，手便撒开了，力气也没了，激情从他们的身体脱离。

沉默了好长一段时间，丁松才睁开眼睛。他看见希光兰像一个熟睡的婴儿，已经吃饱喝足正沉沉地睡去。丁松用手撩她的眼睫毛，她的眼皮动了动。丁松说，原来你没睡，你的卧室里怎么净是油漆的气味？希光兰说，这房子刚装修。丁松说，三楼的那对双胞胎怎么不知道你住在四楼？希光兰说，我只知道她们一个叫甲，一个叫乙，就像她们只知道我叫 B，如果你说找 B 的话，她们就会用手往楼上指。丁松说，一群怪物。希光兰说，你才是怪物。

差不多一个月的时间，丁松把自己完全彻底地交给了希光兰。他们不断地变换手法和场地，施工队正在施工的楼顶、脚手架，以及李四泼洒油漆的四楼，都成了他们的战场。丁松清楚地记得，希光兰倒在油漆地板上时的神态。当时，他们刚从脚手架上下来，丁松在脚手架上的表现令希光兰失望。所以当希光兰倒在油漆地板上时，她先撇了撇嘴。丁松知道希光兰在藐视他。

十多年前，丁松还是一名施工队队员的时候，他曾经有过一次在脚手架上做爱的经历。那时，队员们都收工了，他和一名女工默默地坐在脚手架上。他看见戴着黄帽子的队员分散在楼下的平地上吃饭。帽子很刺眼，但他却分不清帽子底下的面孔。白天已从高楼的背后消失，黑夜正把他们和脚手架捏成黑乎乎的一团。他知道一下去，他就会变成一顶黄帽子，他和她都得住进集体宿舍。于是，他抓住这个傍晚，在远离地面和人群的地方跟那位女工做爱。他有一种高高在上的感觉，完事后还朝底下撒了一泡尿。他听到尿在风中左右摇晃，滴滴答答地降落。

可是，丁松与希光兰在脚手架上的这个夜晚丁松失败了。自从做了老板之后，丁松很少到脚手架上来，他甚至丧失了朝黑乎乎的楼下看一眼的勇气。站在脚手架上，他的双腿开始颤抖。他想我为什么害怕？我有那么多钱为什么害怕？他闭上眼睛，用他最敏感的部位去碰希光兰最敏感的部位，碰了好久都没有反应，他感到自己快要掉下去了。

从脚手架上下来，他默默地跟在希光兰的身后，慢慢地一层楼一层楼地往下走。希光兰的脚不时碰到那些钢筋、玻璃碎片，每一丁点儿响声都吓得他一大跳。好不容易到了四楼，他明显地感到他那不中用的东西中用了，他把希光兰摔到油漆泼洒的地板上。

在希光兰白皙的皮肤之下是一望无际的绿色，绿色似乎已渗入她的体内，发出幽蓝的光芒。丁松向那堆白色的山丘扑过去，山丘开始晃动，希光兰藐视的表情渐渐变为焦急、渴望。就像发生了一次强烈地震，希光兰在地震中泪流满面。丁松看见绿色的草地上积聚了两潭水洼，溪水缓慢任意流淌，雪山死一般沉寂。丁松的脑海里突然塞满了歌声：戈壁滩上的一股清泉……青海的草原一眼望不完，喜马拉雅山，峰峰相连到天边……雪山、青草、美丽的喇嘛庙……咱们工人有力量，嗨，咱们工人有力量……

四楼静悄悄的，就连周围的声音也都退远了，丁松听到了希光兰均匀的呼吸。希光兰试图翻身站起来，但身子刚一动，她就发出了一声尖叫。丁松拉了她一把。希光兰说，痛，背上。丁松看见希光兰洁白的脊背蹿出一股鲜血，一块细小的玻璃扎在她的背部。丁松小心地拔出玻璃，说，四楼是我最理想的高度，我家住在四楼，你也正好住在四楼。希光兰说，你把我的背弄出血了，你要负责。丁松似乎是很得意，一边吹口哨一边看希光兰穿衣服。

有一天，希光兰突然问丁松，你还有什么花招？你好像已经山穷水尽了。丁松把他的头埋在他的手掌里，很认真地思考这个问题，觉得他的头在他的手里愈变愈大，愈变愈重，愈来愈糊涂。他还是头一次被这个问题难住，也从来没有想过这个问题。如果问他如何能赚到钱？他几分钟就会想出一个点子来。但是希光兰问他如何做爱，他却一时难于对答。他想这就像花钱，要花出点儿档次花出点儿水平确实不容易。在过去，只要换一个女人，一切都重新开始，问题也迎刃而解，可现在他不愿意放弃希光兰。他说，我有钱，我可以养你。

钱，希光兰说，你有多少钱？丁松说，你要多少？你说个数吧。希光兰举起她的食指。丁松说，十万？希光兰摇头。丁松说，一百万？希光兰点了点头说，怎么样，为难了吧？希光兰两眼露出挑衅的光芒。丁松说，我答应你，但你必须为我生一个小孩。希光兰用她的右手拍了拍丁松的脑袋，就像一位母亲拍一个淘气的孩子，说，一言为定。

偶尔，丁松会突发奇想，给他们趋于平淡的故事投下一颗石子。从丁松把摄像机架到希光兰的卧室那天起，他们又持续地兴奋了一个星期。丁松不断地变化摄像角度，他们看着荧屏上那两个赤身裸体的人物，就如看一场激动人心的拳击。现在，直播走进了卧室，只差解说。他们看着无声的画面，仿佛在看着别人。看着看着，丁松问，希光兰，我们到哪里去了？哎，我们怎么不见了？希光兰说，我不知道，我也不知道我们滚到哪里去了？过了一会儿，希光兰说，快看，我们又回到电视里了。

毕竟摄像机的角度有限，摄像机像小孩手里的玩具，渐渐失去了新奇。希光兰提出转移场地。丁松说，转移到哪里？希光兰说，转移到你的家里。

第二天早上，丁松跟希光兰约定，如果他家四楼的阳台上挂着一件镶有白色花边的女式短袖衣服，那就说明他的妻子已经出门了。希光兰准时赶到公寓，一抬头，正好看见丁松站在阳台上挂衣裳。丁松朝她摆手，露出暧昧的微笑。希光兰看见从楼梯口走出一个女人，左手提着菜篮，右手正在往她的头上戴一顶蓝色的头盔。她的头发粗壮、乌黑，希光兰于是多看了她几眼。那个女人似乎已发现希光兰在观察她，一边推摩托一边警觉地用目光回击。

希光兰爬上四楼，像一个老熟人似的在丁松的卧室、客厅窜来窜去，没有丝毫的陌生感。她指着一个转角柜的门说，这里装的全是酒，尽管里面有茅台、五粮液，但是在这些酒瓶的中间还有一瓶二锅头，就是建筑工人爱喝的那种。说完，她拉开那扇小巧的门，看到的和她的猜测完全吻合。她得意地转过身来，对着一只小抽屉说，这里面一定装着零钱，它是你们共同的钱柜。拉开抽屉，她看见十元票、角票和数十枚硬币乱糟糟地躺在里面。然后她说哪里是装鞋子的，哪里是装卫生纸的，她说得毫厘不差，俨然一位女主人的派头。丁松被她说得晕头转向，问，这到底是你的家，还是我的家？希光兰说，是你的家，但是我像是很早就来过似的。我一直都梦想嫁给一个富人，曾经设想把这个抽屉的东西搬到那个抽屉去，然后又把那个抽屉的东西搬到这个抽屉来。搬来搬去，竟然和你太太的想法完全吻合，这说明女人的想象十分贫乏，爱好和习惯竟然那么相近。

丁松说，总有不相同的地方吧。当然有啦，希光兰嘴里说着话，身子却躺到了卧室的床上。她突然闻到一股异味，拉开床头柜，看到了满柜子的各式香水。她朝丁松一个劲儿地招手，说，过来，这就是我和她的区别，我们用的香水不同，也就是说我们身上散发的气味不同。她就是她，我就是我，你闻到了吗？丁松的鼻子一抽一抽地把她从头到脚都闻了一遍，在汗臭混合着芬芳的气味中，细心体会她们的区别。

楼下传来一阵轻微的摩托声，丁松从床上弹起来，紧接着希光兰也从床上弹起来。丁松说，她回来了，快。四只手忙成一团，希光兰的两只手去提她的牛仔裤，丁松的两只手往希光兰的头上套衣服。仅仅是一分钟，希光兰便冲出大门，那一声响亮的关门和她咚咚的脚步声，连楼下的人都听得一清二楚。跑到二楼，希光兰与那个上楼的女人撞了个满怀。希光兰看见女人的篮子里装满新鲜的蔬菜，她捡起一个苦瓜，问，多少钱一斤？女人说，三块。希光兰放下苦瓜，突然产生了与她成为朋友的欲望，并伴随同情、胜利和骄傲等等复杂的情绪。她想我已经抄了你的后路，你却不知道。希光兰哼着歌曲走下楼梯，那个头发粗壮并且乌黑的女人满脸疑惑地盯着她的背影。

那个头发粗壮并且乌黑的女人，名叫马丽，是丁松的妻子。当她提着整篮沾满水珠的蔬菜走进家门时，丁松还懒洋洋地躺在床上。一分钟之前，丁松看着希光兰从那扇门框里仓皇而逃，一分钟之后，他看见马丽笑盈盈地走进来。他的嘴里突然冒出一句“我要戒烟”的豪言壮语。对于这样的话，马丽已经麻木了，她记得跟他谈恋爱时他曾发誓戒烟，快要生孩子时他也曾信誓旦旦，可是卿卿已经五岁了，他还没有把烟戒掉。

丁松见马丽对他的话没有反应，紧接着又说了一句，真的，我不仅戒烟还要戒酒。马丽惊讶地走到床边说，哪来这么大的决心，是不是在外面养小了？丁松说，那不戒了。马丽说，不不，还是戒的好，如果你真的能戒掉烟酒，我情愿戴绿帽子。丁松躺在床上，沉默着听马丽的喘气声。沉默了一会儿，丁松下床翻箱倒柜，找出三条零四包高档香烟。他把那些香烟认真地看了一遍又嗅了一遍，然后一条一条地扔出窗口。

在驱车前往工地的路上，丁松用手机跟希光兰通话，他说，从今天起，我把烟和酒都戒了。希光兰说，怎么能这样？你有那么多钱，不抽不喝拿来干什么？丁松说，你少废话，我这样做正是为了将来有人用我的钱。希光兰笑了两声说，我不明白。丁松说，你等着，两个月之后，我要在你身上播下一粒种子。也不等对方说话，丁松关了手机。

一个月之内，丁松不抽烟不喝酒，不参与赌博，甚至不熬夜，他的生活变得有规律了。每天清晨，他都准时到达工地，在十几层楼之间虎虎生风走来走去。有人说，他差不多变成一个好人了。

他把希光兰发配到一个山水甲天下的城市，每天他们都会通十几次电话。他认为只有这样，他们才能避免纵欲。跟希光兰待在一起，他会控制不住。于是，这个月变得特别漫长，一月长于一百年。马丽对他准时归家准时上床表示出极大的满意，但马丽不满意他上床后就呼呼大睡。

丁松变得愈来愈嗜睡了，仿佛要把过去抽烟、喝酒、纵欲的时间全部用到睡觉上。他想不到自己这么能睡。马丽更是觉得奇怪。一月之内，她不知道推醒过他多少次，但是他只睁开一下眼皮，马上又睡过去。马丽推醒他是想要他做一点儿床上的工作，但他却口口声声称，太累，没力气。马丽就用手抓住他身上雄赳赳气昂昂的部位，问，这是没力气吗？丁松无言以对，便从家里逃出，决定把和希光兰分居的时间缩短。

被电话召回的希光兰，于下午五时出现在火车站。丁松的目光最先落在她的眼睛上，然后依次是鼻子、嘴巴、胸口和大腿。他发现希光兰消瘦了许多。他按了几声喇叭，希光兰像是发觉了他的车子，朝着他的方向走过来。希光兰在朝他移动的过程中，把手里的一小截东西扔在地上。丁松发现那是一截香烟，便推开车门钻出来。一位右臂戴着“卫生监督”字样的老头儿，先于丁松抓住希光兰的右手。老头儿说，乱扔东西，必须罚款。丁松问，老头儿，她扔的是什么东西？老头儿张嘴想说，却被希光兰抢先回答了。希光兰说，口香糖纸。丁松看见希光兰的身后散落着摩尔烟头和一团口香糖纸，到底是烟头或是口香糖纸？丁松用期待的目光盯住老头儿，希望他能给出一个正确答案。

希光兰从皮夹子里掏出一张十元币，递给正在犹豫的老头儿。希光兰说，不用撕票了。老头儿接过钱，对丁松露出一副笑脸，说，口香糖纸，她丢的是口香糖纸。“口香糖纸”这四个字，老头儿是用流行音乐的调子唱出来的。他的怪腔怪调让丁松特别不舒服。

淋浴之后的希光兰干净得像一张雨洗过的荷叶，荷叶上滚动着晶莹剔透的水珠。荷叶平整地摆在床上，看丁松把上衣的扣子一颗一颗地扯开，那些鼓凸的肌肉纷纷从衣服之下滚出。他们分居了一个月，等的就是这个时刻。丁松雄心勃勃，每一块肌肉似乎都绷紧了。窗外，正是黄昏，夕阳在楼群中沉落，许多人都在赶路回家。丁松开始调动希光兰的情绪，他的手像一条蛇在她的身上爬来爬去。他说，书上讲，只有男女双方同时达到高潮，生下来的孩子才聪明漂亮。希光兰对这个问题不感兴趣，仍然像一张荷叶静静地躺在床上，任凭丁松摇动、抚摸、折叠。丁松说，我们一定要生一个男孩。希光兰说，书上只告诉你如何才能使孩子聪明漂亮，但它没告诉你怎样才能生一个男孩。丁松说，会的，我总会操出一个男孩来的。

他发觉她情绪低落，有几次她的身子快扭起来了，情绪似乎快到来了，但突然她又没了动静，就像小时候爬滑梯，她总想爬上顶端才滑下来，可是一次又一次，她只爬到一半就滑下来了。丁松想改变计划，说，既然你不感兴趣，那我们明天再来。希光兰冷笑两声说，你怎么能随便更改会议日程，现在大家都到了会议室，你却宣布会议改到明天召开，多扫兴。你想想，如果我们把麻将都摆到了桌面，你却突然宣布不搓了，这太没礼貌了。

丁松被希光兰说得猴急猴急的，把生孩子的事丢到了脑后。他想做爱就是做爱，干吗要想到生小孩？他爬到希光兰的身上，很卖力地朝着一个高度攀登。希光兰冷静地看着他扭曲的面孔，仿佛在看一个淘气的小孩。她听到丁松嘴里喃喃地叫着，男孩，我要一个男孩……

一股久违的烟味被丁松敏感地捕捉。他问，你抽烟了？希光兰摇头否认。丁松不相信地动了动鼻翼，在卧室里嗅来嗅去，终于发现了问题。他把希光兰的小提包拉开，从里面掏出半包摩尔香烟，砸到希光兰的脸上，紧跟着扬起右手，扇了希光兰一个巴掌。希光兰被一阵风裹胁，在地毯上旋转半圈。当她扬起头来时，那只悬空的巴掌又向她扑来。她感到脸上火辣辣地痛，但她没有哭，像一下子丧失了哭的功能。丁松气得全身发抖，嘴唇不停地跳跃，转身朝房门走去。丁松说，为了要一个孩子，我把烟酒都戒掉了，你竟然还抽烟，跟我对着干，你给我滚！丁松本来是想让希光兰滚，自己却滚到了门外。门嘭地一声关闭，里面也传出一声响亮的滚。

这个黄昏像一张大饼贴在希光兰的左脸上。她想我终于有了离开丁松的理由，一巴掌打掉一百万，太值了。她捂着火辣辣的左脸坐到深夜，觉得这个夜晚特别安静，BP 机、大哥大无声无息，它们都睁着眼睛陪伴她。她希望它们安静，同时又希望它们发出声音来驱赶寂寞。从黄昏到深夜，她没听到任何动静，很失望地关掉了 BP 机和大哥大，突然有了一种与世隔绝的感觉。我已经剪断了我跟这个世界连接的纽带，最好是谁也别来干扰我，但这不太可能，丁松不会善罢甘休的。

丁松离开希光兰后，便约了两三个朋友赌钱。从黄昏直赌到第二天中午，丁松大约输掉三万多元。朋友们纷纷离桌，说，丁松手气不好，是因为玩女人太多，手上沾了秽气。丁松嘴里叼着香烟，朝离开的朋友们频频点头，好像是在承认朋友们的结论。

坐到小车上，丁松感到头慢慢地大起来。他不想回家，看看手表，正好是星期天。星期天就更不能回家了，马丽和卿卿会缠着他吵闹不停。他渴望静静地睡上一觉。他把那颗沉胀的脑袋摇来摇去，许多事情从他的脑袋里飞出来。他突然想起昨天的黄昏，他打了希光兰几巴掌，原因是她在偷偷地吸烟。她吸烟就不能为我生一个健康聪明的小孩，可是现在我自己也吸了。那小孩还要不要？小孩还是要的，我的钱不能白花。

丁松赶到希光兰的住处，希光兰不在。看着扔在床上的 BP 机和金项链，丁松分析希光兰不会走得太远。丁松想，只有在这里我才能好好地睡一觉。丁松倒头便睡。

希光兰把自己的这一次出门称为赤裸裸的出门。她卸掉那些通信设备，就如卸掉了沉重的铠甲，觉得自己像一只自由的鸟，在城市的树林里飞翔。丁松找不到我，他一定会着急，就让他着急去吧。希光兰从这个服装店走到另一个服装店，差不多把服装店走完了，但没有买一件衣服。她根本不想买它们，只想看。她看见好看的服装，就往自己的身上穿，许多人都围过来看她，说美女穿这衣服好看。说好看，她也不买。她把衣服脱下来挂到原先的位置，接着往下一家走。下一家的服装仍然能刺激她的兴趣，于是她又试穿。一个下午，她试穿了三十多套衣服，围观的人都对她说漂亮。她知道店主们说漂亮说好那是在说服装，而不是说她，表扬的字眼儿似乎与她无关。可惜，没有任何一个声音是贬低服装的，如果有人说美女，你穿这套衣服不太合身，特别难看，那么她就会把这套服装买下来，穿着它走到丁松的面前。她们不知道，这个下午她是来选购最差最难看的服装的。

走了一个下午的希光兰，在黄昏降临时走进了大清茶楼。茶楼里的灯光比黄昏还要昏暗，她选了一个不起眼的位置坐定，要了一壶茶和一碟点心，慢慢地打发时间。她突然想知道丁松在干什么，便走到柜台前，给丁松挂了个电话。丁松被铃声惊醒，抓过手机贴到耳朵边，那头却突然挂断了。丁松想，一定是那几个赌友在跟他开玩笑。丁松倒头又睡。但手机又嘀嘀嘀地响个不停，丁松接通电话，仿佛听到了那一头的喘息声，会不会是希光兰？他说，你的气味我已经闻到了，你是谁我很清楚，回来吧，别再恶作剧了。那一头传来重重地搁话筒的声音。丁松再也无法睡眠，他睁开眼，屋内一片黑暗。他睡不着但又不想下床，就静静地躺在黑暗里。他相信希光兰回来的时候，发现床上躺着一个男人会兴奋不已。

丁松的一句回来吧，引起了希光兰的警觉，她断定丁松现在就躺在自己的床上。她试着给自己的手机挂了个电话，竟然通了，还有人接。她从话筒里听到了丁松的呼吸声。出门的时候，手机是关着的，现在打开了，说明丁松想从手机里了解我的秘密。她写了一张字条，递给一位身着清代服装的茶房，字条的内容是“我想找希光兰，叫她过来睡觉”。茶房一脸茫然。她按了重拨键，说，如果有人接电话，你就把纸条上的话对他说一遍。茶房按希光兰的意思说了一遍。希光兰怔怔地站在茶房身后，欲望被她自己写下的十二个字撩拨，仿佛接电话的人不是丁松而是她自己，而茶房不是读她的字条而是真的对她有这样的要求。茶房那套清代服装使希光兰有隔世之感，她想如果真跟清朝的茶房啪啪，那自己就要倒退八十多年，也就是说八十多年前，我必须是现在的模样，而不是一粒尘埃。天哪，我就要跟一位清朝的茶房睡觉了，他现在正打电话叫我过来……

茶房放下电话，回头对希光兰笑笑，说，他在电话里骂娘。希光兰说，谁骂娘？茶房说，我怎么知道他骂谁？是接电话那个男人在骂娘。希光兰说，他叫丁松。丁松这两个字像一盆水泼到希光兰头上，把她从胡思乱想中拉出来。她缩回到大清茶楼的角落，看那些茶房为顾客忙忙碌碌。

深夜十二点，希光兰又挂了一次自己的手机，第一次没接通，第二次挂通了，那边没有人接。希光兰想丁松已经离开了，便恍恍惚惚地走出茶楼，赶回自己的住处。

希光兰走进卧室正准备开灯，突然被一双手搂住。那双手迫使她倒到床上，剥她的衣服。希光兰知道压在她上面的人是丁松，但她故意不作声。她认为这样黑灯瞎火地做，总比开灯看着那副面孔略强。她应付着，不反抗，不配合，因为她还记着昨天黄昏的那几巴掌。上面的动作持久有力，她慢慢地被引入一条快乐的通道。烟味香气扑鼻，动作愈来愈快，那个可爱的人远远地向她扑来。她开始呻吟，并且抬起头来在那个人的肩膀上咬了一口。那个人发出一串笑声，他知道他成功了。完事后，他说，你如果怀上了也得打掉，因为你吸烟。希光兰说，你爸吸不吸烟？丁松说，吸。希光兰说，为什么当初他没把你打掉？丁松说，那是三十年前的事了，现在是什么时候，现在怎么能和那时比。希光兰说，那时，抽烟没问题现在也会没问题，我就要和那时比。丁松说，好好好，我不和你争，你只要能生出一个儿子来就行，不管他聪不聪明，不管他畸不畸形，我都认啦。

在与希光兰一同狂欢的日子，丁松的胸口始终压着一块石头。这块石头缘于那个神秘的电话——“我想找希光兰，叫她过来睡觉。”

那个男人嗓音洪亮，充满自信。他会是谁呢？丁松有不吐不快之感，但他又不想吐出来。他想，男人要控制住一个女人，靠的绝对不是多疑，而是让她怀上。

半年过去了，希光兰仍然没有怀上。丁松怀疑希光兰偷吃避孕药。希光兰却拍着自己的腹部笑丁松没有本事。趁希光兰外出的时候，丁松在希光兰的屋里翻箱倒柜，寻找一切可疑的迹象。翻遍所有柜子和抽屉，丁松没有发现避孕药以及男人的照片或书信。

尽管丁松做得小心谨慎，但希光兰还是发现了，她有一种被人监视、被人搜查的感觉。她把柜子里的衣服、相册、化妆品全部掏出来摔到床上，说，让你翻，我让你翻，我的身体你翻过了，我的衣柜你翻过了，现在我连一块遮羞布都没有了，你连我的一点儿小秘密都不允许存在，你把我当什么了？我是玻璃人吗？我是透明吗？丁松说，你有什么资格享受秘密？别忘了，你是我供养的一只鸟。希光兰说，哪怕是一只鸟，也不喜欢别人侵犯它的窝。丁松说，当初的条件是要为我生一个孩子，可现在你连怀都怀不上，也许你本来就没有怀上的能力，而是想来骗我的钱。争吵中，希光兰发现丁松已变了一副嘴脸，过去的讨好、下流不见了，取而代之的是盛气凌人、自以为是。希光兰说，怀不上肯定不是我的原因。丁松说，那是谁的原因？希光兰说，谁的原因谁懂。

丁松把床上的衣服全扫到地上，用脚狠狠地踩。希光兰像是自己被踩一样难受，扑到衣服上哭。丁松说，有什么好哭的，你敢跟我到医院去检查吗？希光兰不吭声。丁松就把她拖出卧室、客厅。她的衣袖在门上挂了一下，破了一道口。她哀求，让我回去换一件衣服吧。丁松不允，把她拉下楼，强行按到轿车里。

轿车朝医院狂奔。因为车速太快又要避车，车子东倒西歪，差一点儿就撞到别的车上。轿车急速地拐了几个弯，希光兰看见高高耸立在楼顶的医院招牌。招牌像一团火熊熊燃烧，愈来愈近，愈来愈清晰。就在他们即将扑向火的一刹那，轿车突然停住。希光兰猝不及防，额头磕到前面的挡风玻璃上。轿车慢慢地掉头，朝来的方向驶去。希光兰说，你怎么不敢了，你为什么不去检查？丁松说，上溯我家三代，没有一个不成种的。轿车在丁松的呐喊声中又一次狂奔。希光兰看着窗外快速后退的栅栏、高楼、树木……感觉额头隐隐地痛。

希光兰和丁松的关系，在好长一段时间里显得不冷不热，激情不知不觉地从他们身上消失了，他们都感到疲惫。丁松热衷于扑克、麻将，三天两头才到希光兰的住处转一圈。大部分时间他都用来睡觉，养足精神之后又去跟朋友们通宵达旦地赌。

中午吃快餐的时候，希光兰遇到了一位阔别十年的高中同学。那个同学在她的对面叫她的名字，她抬起头，竟然没把他给认出来。他自报家门之后，希光兰才恍然大悟。她记起这个名叫祝兴义的同学当时头发稀黄，在班上是有名的瘦猴。可是十年之后，他竟然变成了一个大胖子，仿佛十年的时间全都变成了脂肪堆积到他的身上。祝兴义说他在某局当局长，晚上一定要请希光兰吃饭、唱歌、跳舞。

希光兰不愿意跟祝兴义跳舞，她认为，他太胖了，转动起来会比较困难。于是他们就散步，漫无边际地散步。他们散步时，她发现身后跟着一辆黑色轿车。她返身朝那辆轿车走去，轿车才溜走。她说，有人跟踪我。祝兴义问，谁？希光兰说，一个男朋友，他每天晚上都打麻将，但他雇了一个司机跟踪我。他表面上把我丢在脑后，其实他一直都在注意我的一举一动。祝兴义扭动他肥胖的头颅，左右前后看了看。希光兰发现了他的惊慌，说，你怕了？祝兴义说，不怕。但祝兴义很快便找到了一个借口，匆匆地离开。希光兰对着跑步离去的祝兴义发出一串怪笑。

第二天早上，丁松睡眼惺忪地走进希光兰的客厅。希光兰说，又赌了。丁松说，赌了。希光兰冷笑。丁松径直走进卧室，不到一分钟，卧室里就传出了鼾声。

在希光兰的印象中，所有的黄昏都是从她的身后开始的。她居住的公寓坐东朝西，楼梯口正对着每一天太阳沉下去的地方。沿着公寓的楼梯拾级而上，她常常听到身后传来阵阵急促的声音，仿佛一群老鼠追赶她的脚步。这种时候她回头，往往看见西边的太阳快要落下了，那些急促的声音正从远远的天边滚来。

事故发生的那个黄昏，她从楼下一步一步地朝四楼走去。当时，她站在楼梯的中央回头望了一眼，天空一片杏黄，黄得奇怪，黄得不像天空。她莫名其妙地打了一个喷嚏，继续朝楼上走。她看见门板上贴着一张纸条。

兰：

找你不遇，下午七时，我在华侨宾馆门前等你，不见不散。

男朋友

希光兰想，会不会是祝兴义？但她马上又否定了这个想法，祝兴义没有这样的胆量。她扬手撕下字条，没有进屋便返身下楼，一边跑一边看表，已经是下午六点三十分了，离那个男朋友约定的时间只差半个小时。

希光兰朝马路上挥手，一辆的士停在她面前。当时，她没有注意到这是一辆黄色的士，脑子里塞满了对那个神秘男友的猜想，以及对时间仓促的焦急。她不停地对司机说，快一点儿，再快一点儿。催促的时候，她没有正眼看司机，目光穿透车窗遥望正前方，正如她此刻的心情，已经远远地走在身体的前面。碰上堵车的时候，她才侧过头望了一眼司机，发觉这个司机很年轻，嘴上还没有长出胡须。她说，开几年车了？司机说，两年。她说，怎么不读书？司机说，考不上。她说，挣了不少钱吧？司机说，买车的钱还没还完。司机用手在自己粗壮的头发上抓了两把。车子缓缓地向前移动，动了一下，又被前面的车堵住。司机偷偷看了一眼希光兰，随即缩回目光。他的目光就像蛇信子，在希光兰的脸上轻轻一舔就收了回去。直到出事之前，他再也没扭头看一眼希光兰。他被希光兰的美丽震住了，认为她是他最美丽的乘客。

一辆一辆的车紧挨着，排成长长的一串，把希光兰乘坐的的士夹在中间。这时，希光兰才发现自己乘坐的的士是黄颜色，这种颜色在车阵中十分醒目。她抬起手腕，不停地看表，最后把手表脱下来拿在手上，问司机，能不能绕道走？司机摇头。一辆轿车紧紧地贴着他们的车屁股，好像前面这辆车是女的，后面那辆是男的。车子不能后退，希光兰只能干着急。

半个小时之后，车子像水一样突然流动，慢慢地散向四面八方。希光兰挺直腰杆，头部前倾，催促司机加快速度。车子像一匹脱缰的野马，在马路上乱窜。希光兰发觉司机开快车的动作比丁松的好看。车子愈来愈快，仿佛离开地面变成一架飞机。希光兰喊刹车，车子却刹不住。希光兰听到一阵玻璃的碎响，无数把锋利的刀刺向她的身体。她感到痛，然后是不痛。希光兰在被撞伤的一刹那，左手下意识地伸向方向盘。但是她的手并没有抓住方向盘，而是紧紧地抓住了司机的右手。

司机易平想把这位受伤的女乘客从车上抱下来，他伸手一抱，才发现她的右脚被扭曲的车门夹住了。他用一根铁棍撬开车门，把她抱到马路上。鲜血沿着他的衣裳、裤管往下滴，他分不清哪些血是他的或是她的。走着走着，他发现地上留下一串脚印，脚印在马路上发出刺眼的红色光芒。他朝那些过往的车辆呼喊，但那些车辆都没长眼睛和耳朵，根本不把他放在眼里。他抱着希光兰朝马路中间走去，挂在希光兰脖子上的皮包像老式座钟的钟摆，随他步子的移动而晃动。车子从他的身边呼啸而过，有些车辆仿佛是从他的身上碾过，但他感觉不到疼痛，好像自己是影子。过往的车子对他充耳不闻。他想这些司机都没长良心，他们不愿救一个血淋淋的伤员，也许只有看到钱，他们才会把眼睛睁开。

易平腾出一只手来摸钱，口袋里空空荡荡。他打开那个吊在女人脖子上的皮包，发现里面装满钞票，伸手拉出一沓，钞票在他手上迅速变红。他举着沾满鲜血的钞票朝车辆挥动。一辆的士停到他的脚边，紧急刹车声震耳欲聋。他把希光兰抱上后座。司机说，别弄脏了，小心一点儿。他被司机提醒，从希光兰身下抽出手来，在座椅上搓来搓去，左手的血擦干之后，他又换右手擦，两只手渐渐变得干净。他似乎还不解恨，说，你们司机真没良心，见死不救。这时，他已经忘记自己也是一个司机。司机说，如果你是开车的，没有钱你会救吗？大家都是为了生活。司机说着话，目光始终盯着前方，头部一动不动，这种姿态显示出他说话的分量，好像他的话就是真理，不容探讨和商量。易平想，如果我遇上别人车祸，会救吗？不知道，我从来没碰上过这类事情。

在医院急诊室里，护士剪开希光兰的衣服。易平看见这个女人的身上多处被戳伤，那些伤口像涂满口红的女人的嘴巴，好在女人的面部完好无损。易平想，她的面部能逃过玻璃，恐怕是车子撞向树干的一刹那她伸手抱住方向盘的缘故。她伸出左手的时候，头部也跟着侧向左边。看见她伤得那么厉害，易平突然产生了逃跑的念头。他刚要转身，却被护士叫住了。护士说，你待在这里干什么？还不赶快去交钱。护士把他当作了伤者的丈夫、情人、恋人或者亲人，用命令的口吻叫他去交钱。

易平解下希光兰身上的皮包，朝住院收费处走去。他站在收费窗之外，脑子里又闪过一丝逃跑的念头。犹豫了一会儿，他把皮包里的钱掏出来数了数，一共五千多。他把钱递进窗口，收费的问他，叫什么名字？他说，易平。希光兰以易平的名义住进了医院。易平交完费，发现皮包里层装着一张身份证和一张存折，现在他才知道伤者名叫希光兰。他想不到她的存折上会有那么多钱。

医生告诉易平，希光兰只是外伤，并没有伤筋伤骨，但为了对病人负责，必须做一次全面检查。易平跟在手推车后面，陪希光兰去拍片。希光兰已经清醒，她躺在手推车上，两只眼睛看着天花板、电灯线、蜘蛛网慢慢地移动，最后她的目光落在易平的身上。易平看见她的目光很冷漠，仿佛脱离了她的眼睛，与她没有关系。

医生把希光兰折腾来折腾去，从此门到彼门，从这个平台到那个平台。易平始终不离左右，像抱自己的小孩子一样抱着希光兰，听从医生们的指使。希光兰的身上缠满绷带，易平的每个动作都必须小心翼翼，有好几次，易平听到希光兰在他的怀里放屁。这使易平有一种吃到苍蝇的感觉，心想，她长得这么漂亮，怎么会有如此不文雅的行为？甚至，他想到撒手不管一走了之。

打针、吃药的时候，护士把希光兰叫成易平。医生查房的时候，也叫她易平。最初的两天，一听到护士叫易平，易平就从病床站起来。护士白他一眼，继续对着床上叫易平。希光兰不习惯这个称号，也没有什么反应。易平提醒她说她们在叫你，她于是点头，表示已经听到呼唤。反反复复叫过几天，易平对易平这个称呼渐渐麻木，希光兰对易平这两个字反而敏感起来。

希光兰的突然失踪，使丁松惶惶不可终日。他细心地查看了希光兰的住房，所有的东西都井然有序，不像是出走。由于手机和 BP 机都没带走，他无法与希光兰联络。他耐心地等着，相信希光兰会突然从某个地方冒出来。一个星期过去了，两个星期过去了，希光兰一直没有出现。他已经丧失了等待的信心，认为希光兰一定遇到了什么麻烦。

希光兰的伤势逐渐转好，并且精力也愈来愈充沛。易平问她，需不需通知她的亲属或者朋友？希光兰说，不需要，也没什么朋友。易平不太相信，说，像你这样的姑娘，不可能没有朋友。希光兰说，真的没有。为了证实这话的真实性，希光兰急得脸上一阵白一阵红。易平完全相信了她，说，如果真是这样，我这车祸就值了。希光兰说，你的嘴巴怎么这么臭？如果我们换一下位置，你肯定不会这样说。

有时候，易平会躺到希光兰的病床上，把头小心地靠在希光兰的脚边。希光兰用脚指头刨他的耳朵。易平用手刮她的脚掌心。她放声大笑，笑过之后，易平用双手紧紧握住她的脚掌，像握住一团温暖的绒毛，愈握愈紧。希光兰的胸口一起一伏，喘息声渐渐粗重，脸上呈现激动满足的表情。这种表情一直持续到易平放手为止，他们仿佛从高处突然跌到地面，目光里的内容开始变得复杂。

有一天，希光兰叫易平去修理撞烂的车子。易平面带难色。希光兰说，是不是没有钱？易平不作声。希光兰说，如果是钱的原因，你就不用担心，快去把车子修好，我要坐你的车子出院。希光兰几乎是在命令他。

到希光兰出院的那一天，易平真的把车子开来了。易平已经把车子漆成了红颜色，这在希光兰的意料之外，也叫希光兰兴奋不已。希光兰坐到车子的后座上，说，易平终于出院了。易平说，是希光兰出院了。希光兰说，不，是易平出院了，她们叫了我一个月的易平。易平就朝希光兰叫一声易平。希光兰爽快地答应，对着易平叫，希光兰。易平说，希光兰正在开车，请你不要干扰他。他们叫着自己的名字，在大街转了七八圈，以示庆贺。希光兰说，住一次院像坐一次牢。

易平希望希光兰到他那里去。希光兰不同意，说，我们只是萍水相逢，怎么能那么快上床？易平说，我并没有说要跟你上床，我保证不动你。希光兰说，你真的不动我？易平说，真的，在你未同意之前。希光兰沉默了。易平也不再征求希光兰的意见，把车径直开到自家门口。

一床军用棉被成了易平和希光兰的分界线，他们扣紧衣服上的扣子，分别躺到棉被的两边。棉被仿佛是他们之间的一道山脉或者一条河流，彼此都不能逾越。其实他们彼此清楚，这个夜晚谁也无法入睡。他们都紧闭双眼，伸直双手，以此证明自己的平静和没有非分之想。这样憋了一阵，易平感到难受，希光兰的每一声呼吸他都听得清清楚楚，一股扰乱人心的气味笼罩整个房间。他相信希光兰和他一样，只是佯睡。他的五个手指像五个侦察兵，从棉被底下悄悄地潜入，企图触摸希光兰的身体。第一次，他遭到拒绝，但拒绝得很微弱。第二次，他又遭到拒绝，比第一次的拒绝更微弱。易平终于鼓足胆量，扑向希光兰。在一阵礼节性的打斗之后，双方达成默契。易平像一个溺水的人，终于看到了彼岸，看到了希望，他变得异常兴奋手忙脚乱。

但几乎是在接触希光兰的瞬间，他便提前完成了任务。希光兰在他的臀部重重地拍了几巴掌，把他推到床的另一边去，说，做不完的事今后你别做。易平像一个完不成作业的小学生，说，我是第一次，我没有经验。

假眠一阵，易平的脑子里充斥着乱七八糟的画面，他无法平静下来，回想刚才的每个动作，以及希光兰恨铁不成钢的几巴掌，慢慢地又变得亢奋。易平第二次骑到希光兰的身上，像一位娴熟的骑手，纵马草原，丝毫不怜惜胯下的坐骑。马蹄嘚嘚，一丝女人的啼哭由远而近。借助微弱的路灯，易平看见希光兰泪流满面。希光兰用双手勾下他的头。他感到希光兰的那些泪水全都流到了他的脸上。希光兰的手变得愈来愈有力，好像要把他从远远的地方拉进她的体内。他听到她的哭声高昂，悲喜交加。

从睡梦中睁开双眼，易平看见遍地卫生纸，白得像成熟的棉花。一夜之间，他和希光兰用掉了两筒卫生纸。他坐起来看了看自己的身体，再看熟睡中的希光兰。希光兰不知什么时候已经穿上衣服，但下身还赤裸着。他伸手去解希光兰的衣扣。希光兰突然睁开眼睛，双手紧紧护卫扣子，不想让易平看到她身上的伤疤。

丁松并没有追问希光兰一个月来的行踪。希光兰也不向丁松做任何解释。丁松断定希光兰要么是去会情人，要么就是背着他偷偷地去打胎。现在，丁松不想去纠缠这些问题，他只想跟希光兰好好地睡一觉。

看到希光兰十分冷淡，丁松有些恼火，他强行剥下她的衣服，看见她的上身挂满伤痕。他问，出了什么事？她把遭遇车祸的事重述一遍，但她隐瞒了跟易平的故事。她说，我现在全身麻木，对什么都很冷漠，你就是用手掐我，我都没有知觉。不信你试试。丁松在她的手臂上狠狠地掐了一下，希光兰没有任何反应。希光兰抓起一把小剪刀递给丁松，说，你用这个戳我，我也不知道痛。丁松用疑惑的目光看着希光兰，并不接她手里的剪刀。希光兰拿剪刀的手高高举起，正准备戳向自己的大腿时，丁松夺过她的剪刀丢到桌子上。丁松不管希光兰麻不麻木，把她放倒在床上，迅速地扑上去，像是完成一种任务，并不考虑对方的感受。他看见希光兰一边跟他说物价一边接受他的强暴，到后来她还哼唱几句流行歌曲，仿佛丁松做的事情与她无关。

希光兰再次走进易平的房间，是第二天晚上九点。九点之前，她被丁松缠住不放，也打消了去易平那里的念头。后来，丁松喝醉了，在餐厅里当着希光兰的面捏弄别的小姐，大大方方地掏小费。希光兰想，丁松根本不尊重我，他给我的那些钱就像给小姐的小费。小姐们得过小费之后，一个一个地消失了。希光兰把丁松扶回住处，让他躺到自己的床上，然后去关房门。她想，今天就这样结束了。等她洗完澡返回卧室，听到丁松的鼾声很有节奏地响起，她用手指头碰他，他没有丝毫反应。于是，她走出家门直奔易平而去。

希光兰从提包里掏出两万块钱递给易平。易平不收。希光兰把钱放到抽屉里，说，这是修车的钱，如果那天不是因为我催你开快车，就不会出事。易平嘿嘿地笑两声，心里暗自高兴，说，可我没有什么给你，我只有这个。易平指了指身体的某个部位，把希光兰抱上床。希光兰不让易平解她的衣扣，命令易平关灯。易平不关。希光兰从床上爬起来，自己把灯关掉。易平听到她剥衣服的声音，隐约看见她走动的躯体。她的躯体丰满富有弹性，曲线幅度大。希光兰对着站在一旁的易平说，你快一点儿，我还得赶回去。

第二天早上，丁松醒来时希光兰还处于睡眠中。丁松用他的右手指在希光兰的眼皮上、嘴唇上来回走动，就像是一辆车在公路上跑。跑了好久，希光兰才醒过来。丁松说，昨天晚上，你跑到哪里去了？希光兰说，我一直在陪你睡觉。丁松说，骗我，半夜的时候我想喝水，你不在卧室里，你到哪里去了？希光兰说，我到卫生间给你收拾秽物，昨晚你吐了好多东西。丁松拍拍脑袋说，昨夜我吐了？希光兰说，吐了，是我把你从外面扶回来的，上半夜你说要吐，我就扶你到卫生间，你吐了好多。丁松说，我全记不起来了，这酒，今后我再也不喝了。希光兰说，男人不喝酒，怎么像男人。

一周之后，在丁松醉酒的餐桌上坐着易平。丁松已经出差了。希光兰和易平在餐厅里比赛喝葡萄酒，结果每人喝掉一瓶。希光兰发觉易平闷闷不乐，低着头不说话。希光兰问他，出什么事了，为什么不喝，不高兴？起先，易平不答话，希光兰问多了他才说，钱，跟别人借的钱到期了，别人在催我还债。希光兰把手一挥，说，不就是钱吗？有钱你高不高兴？易平说，有钱谁不高兴。希光兰说，两万够不够？易平说，差不多。希光兰说，五万。易平说，够了。希光兰说，十万。易平说，别吹牛，你哪有那么多钱？希光兰说，十万，买你今夜开心可以了吧，你别哭丧着脸，像死了亲人似的。

易平的脸上立即咧开笑口，高举酒杯，又和希光兰共干了一瓶葡萄酒。两人喝得东摇西晃，回到希光兰的住处。易平见床就倒下去。希光兰把他拉起来，说，你去帮我洗个澡，我长这么大还没人给我洗过澡。易平跟着希光兰走进洗澡间。希光兰扭开水龙头，两个赤身裸体的人被雨笼罩。雨水冲刷他们的头发，欢快地流过山冈平原，打着旋涡进入下水道。希光兰问易平，人最干净的时候是什么时候？易平说，还没有出生之前。希光兰说，错了，人最干净的时候是洗澡的时候。希光兰用手搓她的下身，说，你吻吻我这个地方。易平说，脏，那不是放嘴巴的地方。希光兰说，都是肉长成的，和嘴巴没什么区别。易平说，怎么没有区别？嘴巴能说话它不能。希光兰说，你不吻，明天我就不给你钱。易平的头渐渐地勾下去，说，你给不给，我都会吻的，因为我爱你。希光兰说，我也爱你。

独自一人的时候，希光兰喜欢面对镜子剥掉自己的衣服。她看见那些伤口像一张张嘴巴挂在她的胸口、乳沟和腹部。如果把那张漂亮的脸蛋移出镜面，我像一截树桩，树桩上布满刀斧留下的痕迹。希光兰在这样的联想中憎恨自己的身体，她决定到医院去看一看，希望医院能抚平她的伤口，还她光洁的皮肤。

易平开车送希光兰到达医院门口，掉转车正准备离去，一位陌生的小姐从医院大门跑出来，朝他挥手。易平问她，到什么地方？小姐说，新民路。小姐打开车门，坐到副驾位。易平说，你的身体那么结实，怎么会有病？小姐说，我的鼻腔发炎。易平一边开车一边扭头看小姐的鼻子，发觉小姐的鼻梁很高，在高高的鼻梁之上有一双清澈透明的眼睛，还配着双眼皮。易平扭头笑了一声。小姐说，你看出来啦。易平说，看出什么？小姐说，我的鼻梁和双眼皮，都是在这个医院做的。易平说，你不说我还真看不出来。小姐惊讶地叫道，真的？易平点头。

过了立交桥，易平看见一位中年男子朝他挥手。他把车停在路边，对小姐说，你别出声，我只收你半费。等那位乘客坐稳之后，易平才发觉他的神经有问题。他把手伸向小姐的头发慢慢地撩起来，头发从他的手指间滑落。小姐目光专注地望着前方，并没有发现自己的头发被玩弄。乘客再次把小姐的头发撩起来，说，小姐，你读没读过诗？你的头发飘起来，像一面旗帜。小姐回过头，看见自己的头发被乘客攥在手里，吓得缩成一团，用求助的眼光望着易平。易平回头盯住那位乘客，说，你把手松开。那位乘客说，你让我吻她一下，我就松手。易平刹住车，说，你松不松手？那位乘客说，松，但你要让我吻她一下，只一下，我不会伤害她。易平跳下车，打开后门，对着那位乘客挥了一拳。那位乘客迅速松手。易平把他拖出车厢，摔到路旁。

小姐在新民路百乐发廊前下车。小姐说，我叫李月月，如果你要洗头、按摩什么的，请到百乐找我。易平说，现在我就想按摩。易平停好车，跟李月月走进发廊，里面的小姐和男人都用硬邦邦的目光看他们。李月月带着易平穿过发廊进入里间。里间分成无数小间，易平在李月月的床上躺下来。李月月像骑马一样骑到易平的身上。一阵潮湿的气息在易平和李月月之间泛起。他把李月月翻到下面，说，还是我帮你按摩吧。李月月双手攥紧裤带，说，不行，你不能这样，你必须先付钱。易平说，多少？李月月说，两百。易平从皮夹里掏出两张纸币，塞进李月月的乳罩里，说，你有病。李月月说，没有，我是刚来的。易平说，所有的发廊女都说自己是刚来的。

易平做得从容自在，面带几分得意之色。李月月的头一次又一次抬起来，最后咬住易平的膀子，咬了大约两分钟，才松开。李月月说，你做得这么好，下次，我不收你的钱。易平顿时来劲儿了，加快速度，好像是为了报答李月月的那句话。

中午十一点，易平把车开到医院门口，这是他和希光兰约定的时间。他在车里等了将近半个小时，不见希光兰的踪影，想希光兰一定是先回去了。

易平开车追到希光兰居住的楼下，跑步上到四楼，敲门。里面没有声音，易平再敲。门拉开了，他看见一位陌生的男人堵在门口，他的脸上布满胡须，下巴上有一小块伤疤。男人说，你是不是搞错了？易平说，希光兰是不是住在这里？男人的眼皮跳了一下，说，你是她什么人？不等易平回答，希光兰已跑到门边，指着胡须说，他叫丁松，我表哥。然后又向丁松介绍易平，说是坐他的车出的车祸，住院时跟他借了钱，现在他是来要钱的。丁松板着面孔问，借他多少？希光兰说，五百。丁松从皮夹里掏出五百块钱，递到易平的面前。丁松掏钱的动作，很像易平今天上午掏钱给李月月的动作。易平想，我又不是妓女。易平没有伸手接钱，那些钱散落在地板上。易平白一眼希光兰，返身走下楼梯。

晚上，易平把李月月带到自己的房间。易平诓她上床，她不为所动，坐在沙发上翻着那些过期的杂志和画报。易平伸手去拉她。她说，拿钱来。易平说，你不是说不收我的钱吗？李月月说，什么时候说的？易平说，今天上午，你怎么说话不算数。李月月说，那是说着玩的，我比你更需要钱。易平问她，要多少？李月月说，过夜要五百。易平掏出钱摔在地上，说，拿去。李月月弯了五次腰，才把地上的钱捡完。

易平和李月月很快进入角色。易平问李月月，好不好玩？李月月说，好玩。易平说，好玩，为什么还要我的钱？李月月说，这是两回事。易平说，只要你不再跟其他人，每天晚上都来我这里，我给你一万。李月月说，真的？易平说，真的。两人做着事，说着话，突然传来了敲门声。他们的声音停住，身体也跟着僵硬了。敲门声渐渐升高，节奏不断地加快，易平知道敲门的人是希光兰。屋里屋外一阵沉默，多余的声音都消失了，只有易平和李月月的呼吸夸张而富有节奏。屋外的人好像走了，易平从床上爬起来，简单地收拾一下房间，轻轻地拉开一道门缝。他把头刚一探出去，就被希光兰扇了一巴掌。他感到希光兰的巴掌像一把刀，从他的脸上削掉了一块肉。扇完，希光兰转身走了，她的脚步声十分响亮。易平想，她的脚步声就像她的脾气那么自负。

易平交给李月月一把门钥匙。李月月把钥匙挂到脖子上，就像幼儿园的小朋友把自家的钥匙挂到脖子上。有了钥匙，李月月就分期分批把一些日常用具搬过来，似乎是要铁下心跟易平过日子。易平已经不大跑车了，他在希光兰和李月月之间周旋。有时希光兰要过来，他就把李月月支走。李月月知道，易平把她支走是为了约会另一位女人。但她对此并不在意，像出门买菜一样轻轻松松地走出易平的房间。回来时，她还为易平洗衣服，收拾残局。偶尔她会对着躺在床上显得极其疲惫的易平发问累不累过不过瘾？和自己比起来，那个女人有什么不同？为什么不离开她？高兴的时候，易平会夸奖一番李月月。不高兴的时候，他会把李月月抓到床上，逗得她火烧火燎，但他却没有能力拿出实际行动来。这种时候，李月月想跑出去，易平却不让。易平把李月月反锁在屋子里，自己开车出去溜达。李月月像一只笼子里的鸟，在屋子里转来转去，嘴里不停地诅咒易平，仿佛诅咒能给她打通一个出口。

一天，李月月拿着三千元钱去建筑队找她的哥哥李四。她走进工地时，许多工人扭过头去看她。她迎着那些贪婪、色情的目光，在污水泥浆中小心翼翼地行走。有人停下手中的活，问她，找谁？她说，找李四。那人朝楼上指了指，说，李四在楼上。那人仰头朝楼上喊李四。李月月随着喊声一层一层地望上去，她看见哥哥李四正攀在九楼的窗口刷油漆。哥哥像一只苍蝇，爬在高高的楼上，随时都要飞走似的。李月月朝上面挥手。李四从窗外钻进大楼。李月月再也看不见他。旁边的人还在喊，李四，快下来，有个女的找你。

李月月看见哥哥从大楼里跑出来，他的鞋子和衣服沾满黄色的油漆，远远地就听到了他的喘息声。李月月说，你慢点儿行不行。李四对她咧嘴一笑，喘息声从笑容里消失了。李月月牵着李四的手，走到一个僻静的地方，从裤兜里掏出钱塞给李四。李四把钱推回来，说，你自己留着花。李月月说，我有，我挣了好多钱。李四说，妹，这些钱你是怎么挣来的？李月月说，你别管，你现在急需用钱，你拿去用吧。出门的时候，爹交代过我，要你快点儿挣钱，快点儿找对象。如果你在城里找不到，就把钱带回家去找。李四说，我哪里有钱，每天的工钱只够我的伙食和抽烟。李月月说，现在，我不是给你送钱来了吗？李四抓过李月月手里的钱，双手微微颤抖，说，妹，我有钱了，我要谈恋爱。李月月对着李四不停地点头。

李四兜着三千元钱朝大楼里走去，一边走一边吹口哨。几个人围住他，问他要烟抽，逼他请客。李四说，凭什么要我请客？李四从他们的中间往外挤，但被他们挡了回来。他们问李四操过没有？李四说，她是我妹妹。那几个突然张嘴大笑。有人说，是不是那种妹妹？你不老实。李四说，她真是我妹妹。另一个人说，如果真是你妹妹，你把她介绍给我。李四不作声，从他们中间强行挤了出去。

从收工的那一刻起，李四就蹲在厨房的门口看崔英做饭。施工队走到哪里，崔英就跟到哪里，她跟着施工队做了三年多的饭。刚来的时候，她的胸部还没有现在这么高，屁股也没有现在这么圆。如果在她的身上捏一把，她会不会喊叫呢？如果要她做我的老婆，她会不会答应？有一句话，我憋了两年。现在，这句话又来到了我的喉咙边，它快要从嘴巴里滚出来了，可是它还是没有胆量滚出来……另外两个厨师挑着菜朝厨房走来，李四想，我得赶快离开，免得她们又笑我成天打崔英的主意。

这个晚上，李四食欲特别旺盛，他添了两次饭。他添饭的时候，崔英把目光从饭碗里抬起来，偷偷地望他。吃饭的人三个两个地散去，最后只剩下李四一个人捧着大碗，蹲在地上慢慢地吃。崔英说，你吃快一点儿，我好洗碗。李四说，我帮你洗。李四从地上站起来，端着碗走进厨房。崔英紧跟着走了进去。

天差不多全黑了，厨房里十分阴暗。李四不去开灯，崔英也不去开灯。崔英挽起衣袖，双手伸进盆里，说，我自已洗。冷水泡着两双手，两双手在瓷碗上磨来磨去。突然，李四把崔英的双手抓在自己的手里。他感到崔英的手软软的，好像一团棉花。李四说，我想跟你结婚。崔英像被针戳似的把手抽回来，背过脸，在门口站了一会儿，然后跑出去。

崔英跑到工地旁的一棵树下，那里阴森森的没有一点儿光。她在那里停留片刻，又走出来朝楼上走去。她走到三楼，就爬出阳台坐在脚手架上，双脚不停地摆动。李四的目光一直跟着她，生怕她往下跳。李四坐在楼下，望着崔英那双隐约晃动的双脚，想如果她不从三楼走下来，今夜我就不离开。崔英坐到高处，以为逃脱了李四的追捕，并不知道李四像一只猎狗，憋足劲在楼下守候。

李四变得有些反常，休息时他远离那些工人，不跟他们说笑，也不跟他们一起抽烟。烟瘾发作了，他便避开众人，躲到大楼的拐角处或者较隐蔽的屋子自个抽起来。大楼已经封顶，现在开始转入装修，几乎每间屋子里都堆满了泥沙、木板和一些零乱的杂物。从他嘴里喷出来的烟雾，在这些杂乱的屋子里飘荡。李四喜欢墙壁粗糙、堆满杂物的房间，小时候他就睡在这样的房间里。一旦墙壁抹亮地面铺上瓷砖，就意味着他们要离开这幢他们亲手修建的大楼，意味着他们不再在这幢楼里住宿、抽烟、拉大小便。

有人看见李四躲在厕所里抽烟，就叫了他一声。李四被他自己的名字吓了一跳，说，我就来，我就来。李四从厕所里走出来，叫他的人却不见了。李四分辨不出叫他的声音是谁发出的。直到吃晚饭时，他才知道白天叫他的人是老乡罗庆元。罗庆元说，李四躲在厕所里吸烟，我一叫他，他就吓了一跳，好像在里面干什么见不得人的事，像个小偷。李四对着大家嘿嘿一笑，说，没干什么，我没干什么。

有人说，李四一定买了好烟，有意躲着我们。几个人围住李四，搜索他的衣兜。他们从李四身上掏出半包红塔山来，然后把它当作战利品分发给大家。罗庆元不抽烟，但他的目光一直跟着那半包红塔山走。香烟分完了，罗庆元从地上捡起烟盒，拿到鼻子嗅了嗅，说，李四，你发财啦？李四说，现在不抽几包好烟，等死了再抽呀？罗庆元说，你离死还远得很，怎么抽这么贵的香烟？你还要找对象呢。

李四听到崔英在厨房里叫他。李四走进厨房。大家对着李四的背影起哄，他们都知道崔英叫李四进去是叫他去洗碗。吃完饭的人都把碗丢到李四面前的大盆里，他们说，李四，你慢慢洗吧。等人群散尽之后，崔英说，你抽那么好的烟，谁敢嫁给你。李四说，我有钱。崔英说，你有钱，你有多少钱？我妈说谁要娶我必须给家里三千元彩礼。李四的头像被铁锤砸了似的，忽然低下来，说，只要你同意嫁给我，我再想办法。崔英说，只要你拿得出钱来，我就嫁给你。

一天晚上，李四邀崔英爬楼。他们从一楼开始往上爬，李四说，我们上到最高的那层去，然后你就会看见好看的灯光。崔英说，我一直帮你们煮饭，这楼我还从未爬上去过。李四说，就是，这么高的楼你不上去看看，可惜。崔英紧跟在李四的后面，上到三楼时，李四开始抓住崔英的手，他们手牵手肩并肩朝楼上走去。到了六楼的拐角处，李四双手搂住崔英，嘴巴在崔英的脸上飞快地啄了一下。李四闻到了一种他梦想的气味，整个身躯仿佛飘离地面，从楼上慢慢地往下飞。到了八楼，李四伸手去摸崔英的乳房。崔英推开他的手，打了一下李四的手掌，说，你再乱动，我不跟你上去了。李四说，我不敢了，你上到楼顶，我给你看一样东西。崔英说，什么东西？李四说，上去你就知道了。

他们终于走到了十六楼，看见了城市的灯光和灯光下的马路。他们把头伸出阳台，却看不见他们天天吃饭的厨房，楼底下一团黑。李四说，现在没有人能看见我们了。崔英站在阳台上喘气，胸口一起一伏地看远处明亮的高楼。李四想，如果我跟她睡了，她妈就要不到三千元彩礼了。如果她肚子长大，我就说我没有钱，到那时不怕她不嫁给我。

李四扑向崔英。崔英被他压到地板上滚了几下，又站了起来。崔英没有说话，但喘着粗气，恨不得打人。李四从口袋掏出一张存折，递到崔英面前，同时打燃火机，说，你看，我有钱，彩礼我都准备好了。崔英在李四的左脸和右脸上各扇了一巴掌，说，你想占便宜，在没领结婚证之前，你休想。李四捂着脸，对崔英干笑，说，反正你是我的，等一等也无所谓。

到了夏天，各式各样的裙子摆在商店橱窗的显要位置。崔英发现在离工地五十米远的左边街角，有一条粉红色的裙子很好看。每天买菜，她总要途经那家商店，但她没有勇气走进去看一看、摸一摸。她估计那条裙子价格不低于五百，太贵了，只能扭头望一望。她想结婚的那一天如果能穿上它就没有什么遗憾了。

崔英知道李四没有钱，存折上的三千元已经作为彩礼寄回农村。自己手上虽然积攒了两千，但用其中的四分之一来买一条裙子，她实在舍不得，还有许多比裙子更为重要的东西等着她去花钱呢。有时，她故意忘掉那条裙子，走过那家商店时显得镇静不屑一顾。久而久之，她似乎是把它忘掉了。然而，某些时候它又突然从脑海里冒出来。她想也许李四还存有一点儿钱，说不定什么时候他会给我买那么一条裙子。好几次，她想对李四说你买不到那条裙子，你就别跟我结婚。但看着李四满身的油漆和那张粗糙的脸，她又把想说的话咽下去。奇怪的是，晚上做梦她也常梦见那条裙子。

大部分时间里，希光兰为整治她的伤口而忙碌。尽管她的伤口在慢慢地愈合，上身的皮肤也逐渐光亮起来，但丁松开始厌恶那些伤口。做爱的时候，他命令希光兰穿上衣服。希光兰不穿，说，你受不了就不要干，我现在讨厌做这些事情。希光兰对性生活变得十分冷淡，喜欢跟着丁松去赌博。一天深夜，希光兰从赌桌上赢钱回到公寓，清点提包，大约赢了一万元。她想好久没见易平了，于是把易平呼到她那里。她对易平说，你是不是过得很快活？易平没回答她，把她扳倒床上。她推开易平，从床上坐起来，说，我不是叫你来睡觉的。我叫你来，是想跟你聊天。易平老老实实地坐到沙发上。希光兰看见他跷起二郎腿，一副悠然自得的模样。希光兰在他短发上摸一把，说我赢钱了。易平说，赢了多少？希光兰说，从早上打到现在，赢了一万。易平说，一万块，对你来说只是一根毛。

希光兰从提包里掏出五千递给易平，说，拿去用吧，今夜你就别走了，陪我好好睡一夜，但不能干那事。易平说，这样我受不了。

希光兰说，你把我当作男人得了。这个夜晚，易平备受煎熬。希光兰躺到床上便进入梦乡，好像是打麻将打累了。易平的手搁到她身上，她竟没有任何反应。易平用劲儿搓她揉她，她仍然无动于衷。易平睁着双眼，度过了漫长的一夜。

第二天早上，易平回到他的住处，李月月还没起床。你逛街去，让我好好睡一觉，他一边说一边从口袋里拿出一千块钱放到桌子上，你拿钱去买几套衣服，中午十二点钟以前不要回来。李月月胡乱地洗把脸，抓起钱跑出去。易平想她怎么连牙都不刷。

李月月找到她的哥哥李四，说，你快要结婚了，我这里有五百块钱，你拿去给崔英买一套好一点儿的衣服。李四接过钱，连连点头，说，妹，我又要你的钱了。他的眼睛微微发红，想我是哥哥，反而要妹妹来接济我，真不像话。李四说，妹，等我有钱了一定还给你。

李四带着崔英走进离工地五十米远的左边那家商店。崔英看见那条粉红色的裙子标价八百元，高高兴兴的心情被这个价格一下子扑灭了。崔英试探着问店主，五百元卖不卖？店主是个小伙，看了崔英一眼，又看了李四一眼，说，五百，你拿去吧。崔英想不到她真能穿上这条裙子结婚，想不到店主那么慷慨。

回来的路上，李四低着头不说话。崔英前五十步满脸笑容，后五十步不笑了。她愈想愈有些后悔，替李四心痛那五百块钱。她想如果我把价压到三百，也许店主就卖给我了，要不然他怎么那么爽快。五百元，太贵了。崔英叹一声长气，李四也叹一声。他们彼此都不说话，但他们其实是在想同一个问题。

李四和崔英的婚礼在一个夏天周末的傍晚举行。婚礼十分简单，他们在六楼一间装修完毕的房间铺了一张婚床，买了一些喜糖分给大家。工程队的老板丁松也参加了婚礼，他说，再过两个月大楼就要交付使用了，现在暂时借一间来给李四做新房，希望李四和崔英好好地利用这两个月，别浪费这么高的楼、这么漂亮的房间。大家于是就笑，就起哄。

婚礼上，李四和崔英始终把李月月当作恩人。他们每说一句话，每做一个亲昵的动作，总要看李月月一眼。李月月笑，他们跟着笑。李月月不说话，他们也不说话。

这个夜晚，丁松一直蹲在楼下的人堆里，和光着膀子的工人聊天，把带在身上的两包好烟散完了，就和工人抽劣质香烟。他不时地抬起头，望一眼六楼和高高的脚手架，像是在等待什么。

大约十二点，丁松看到了他等待的结果。他看见李四和崔英从房间里走出来，悄悄地朝楼上爬去。爬到第九层，他们越过阳台，躺到脚手架上，开始他们的新婚游戏。丁松料到李四和崔英不习惯那间新房。事实上，李四和崔英真的不适应六楼的那间房子，他们觉得那房子不是自己的，在不是自己的房间里做爱，就等于在别人的眼皮底下干坏事，好像有一双眼睛始终盯着。李四还觉得那间房铺了瓷砖，抹过墙壁，太漂亮了，不真实。后来，他牵着崔英的手溜出大门往楼上走，当他走到九楼时，发现在脚手架上比在走廊上好。脚手架才是他真正的家，才是他的位置。

丁松离开那些困倦的工人，驾车走了。他的发现使他想起希光兰。他想，今夜一定要好好跟希光兰睡一觉，就像李四和崔英在脚手架上那样好好地睡一觉。

李月月也是十二点之后才回到易平的身边。她很兴奋，一边脱衣服一边给易平讲婚礼上的趣事，说那些工人如何如何粗鲁，叫哥哥和嫂嫂当面亲嘴。易平礼貌性地听着李月月唠叨，想等洗完澡，她就会停住嘴巴。但李月月并没有停住，易平打断她的话头，说，今夜是你哥哥结婚，又不是你结婚，怎么兴奋成这副模样？李月月反驳，如果没有我，哥哥就结不成婚。崔英为一条裙子差不多发疯了，说买不到那条裙子就和我哥吹。我哥没有钱，是我拿钱给我哥买的那条裙子。易平说，你的钱从哪里来的？李月月不好意思地把头埋在易平的胸口，说，是你给的。易平用手托起李月月的下巴，说，现在轮到我兴奋了，是我的钱促成了一桩幸福美满的婚姻。李月月应声倒在床上，觉得今夜的易平特别凶猛。

第二天早上，易平余兴未消，兴冲冲赶到希光兰的公寓，把门拍得山响。希光兰打开门，极不友好地说，你为什么不按门铃？兴冲冲的易平一下子就蔫了。

易平把两只手搓来搓去不敢说话。希光兰从嘴巴里抽出牙刷，说，你有什么好消息你说呀，我听着呢。说完，希光兰又弯腰继续刷牙。易平说，有一个农村的小女孩，家里面十分贫穷。很小的时候，她就憧憬有条粉红色的裙子。她想将来长大了，一定要穿着一条粉红色的裙子结婚。后来，她来到了城市，但是她仍然贫穷。有一位年轻的小伙爱上了她，给她买项链她拒绝了，请她坐轿车、给她买手表，她也拒绝了。那个有钱的小伙子只好伤心地离开了她。后来，她碰到了一位建筑工人。那位工人每天都看见女孩站在商店的橱窗外，眼睛定定地看橱窗里一条粉红色的裙子。工人偷偷地看了一眼裙子的价格，五百元，吓坏了，因为他的口袋里没有那么多钱。但是，他很想买那条裙子送给那位女孩。一天，那位工人把这件事讲给我听。我说五百元，拿去用吧。我送给他五百块钱，他买了那条裙子送给姑娘，姑娘就跟他好上了。昨天晚上，他们结婚了。结婚时，那位姑娘真的穿着那条粉红色的裙子。

希光兰把嘴里的泡沫喷出来，说，真的？易平说，真的。希光兰说，我听起来，怎么像是一则讲给小孩子听的童话。易平说，骗你是狗。希光兰若有所思地点点头。易平说，如果我知道一条裙子能得到那个姑娘，我就自己买来送给她。希光兰说，你后悔了？易平说，没有，我来是想告诉你，那个姑娘买裙子的钱是那天早上你给我的。

希光兰坐在易平的车上，他们走走停停，沿街选购了许许多多的服装。车的后座上堆满裙子、衬衣和裙裤等等。希光兰坐在后排服装的中间，自从发生车祸以后，她再也不敢坐前排了。

回到住处，希光兰把那些服装一字排开，她挑挑拣拣，穿这件脱那件，太露的她不敢穿，那会露出她的伤疤。袖子长、领口高的她也不想穿，觉得那些服装穿起来不性感。她买了一屋子的服装，但没有一套是她满意的。

一晃到了黄昏，希光兰似乎不再犹豫了。她捡起一条粉红色的裙子穿上，问易平，这一条可不可以？易平说，可以。希光兰说，我选这条裙子，是因为受了你故事的影响，我要穿着这条裙子去会我的情人。现在，我突然想干那事了，麻木了这么久，今天我好像又活过来了。易平说，你的情人在什么地方？希光兰说，华侨宾馆。

易平把车开到华侨宾馆门前。希光兰并不下车，从车窗望出去，她看见许多年轻而陌生的面孔在华侨宾馆门前晃动，他们手上拿着鲜花、报纸和杂志，这些物品都是他们的接头暗号。他们彼此呼唤对方的名字，朝着对方奔去。希光兰想人群中，绝对没有人呼喊希光兰。那个在门板上留下“不见不散”的人，也没有告诉我，他手上拿着什么东西。他会是谁呢？他长什么模样呢？会不会是某个熟人开的玩笑？说不定，那张字条是丁松的恶作剧？

希光兰这么漫无边际地遐想，脊背一阵麻一阵凉。她对易平说，走吧。易平说，他没来？希光兰说，是我没来，那次车祸，我就是为了赶这里的约会，但是我错过了，到现在我都不知道他是谁。

易平听从希光兰的指使，把车开到丁松家附近。希光兰走下车，说，我想走一走，你回去吧。易平说，不干那事啦？希光兰说，晚上我再呼你。易平掉转车头，甩下希光兰汇入车流。希光兰盯住易平的车，盯了一会儿便分不清哪一辆是易平的。大部分的出租车都是红色。

天边最后的一抹亮色被路灯赶走。希光兰一个人走在大路上。这个夜晚她突然拥有了激情和狂躁。很快，她就走到丁松家的楼下，原本只想朝丁松的四楼望一望，然后继续朝河堤那边走。但是这一望，使她改变了主意，她看到一件美丽金边的衣裳挂在四楼的阳台上。这是一个安全的信号，是她和丁松的私下约定。她想，丁松并不知道我来，为什么要挂那件衣服？难道他每天都挂着这件衣裳等我吗？既然他那么有心，那我就上去看一看。

希光兰拉了拉裙子的领口，又看了看身上粉红色的裙子，朝四楼走去。她按响了丁松家的门铃，听到门哗地一声拉开，看见丁松站在门里尴尬地笑。她跨进门去，用脚后跟关上门，迅速地搂住丁松，在他脸上叭叭叭地亲了几下。丁松把脸扭过去，说，你是谁？干吗要这样？我不认识你，你怎么能这样？丁松话音未落，希光兰便看见马丽穿着那件金边的衣裳从阳台走进来。希光兰想，糟糕，我还以为阳台上挂着那件衣服，没想到是马丽穿着它站在阳台上。我怎么就没看清楚呢？

写于一九九六年

我们的父亲

某年某月的某一天，我们的父亲来到我居住的城市。那时，我的妻子正好怀孕三个月，每天的清晨或者黄昏，我的妻子总要伏在水龙头前，经受半个小时的呕吐煎熬。其实我妻子也吐不出什么东西，只是她喉咙里滚出来的声音一声比一声响亮，一声比一声吓人。

我们的父亲就在我妻子的呕吐声中，敲响了我家的房门。我看见我们的父亲高挽裤脚，站在防盗门之外，右边的肩膀上挎着一个褪色的军用挎包。看见我们的父亲，我像从肩上卸下了一副沉重的担子。我对我们的父亲说，过去母亲怀上我们的时候，是不是也呕吐不止？你们生养了三个小孩，对于呕吐一定有经验。我们的父亲摇摇头，说，你们的母亲好像从来没有呕吐过。沉默了一会儿，我们的父亲接着说，或许你们的母亲也曾经呕吐过，只是我记不清楚了。

我们的父亲把他的军用挎包放到沙发上，我的手情不自禁地伸到挎包里。过去，我们的手从挎包里掏出糖果、角票、铅笔、作业本，以及《毛泽东选集》，现在，我从挎包里掏出一杆黑色的弯曲的烟斗和一小袋烟丝。我们父亲的目光紧紧地盯着我的手，我赶快把烟斗塞回挎包里。挎包上绣着的八个字，像八团火焰照亮我的眼睛，那是草书的“一不怕苦，二不怕死”。

妻子的呕吐声不时地从卫生间里传出来，我们的父亲被这种声音吓得手忙脚乱，从沙发上站起来又坐下去。他的手落到一本杂志上，捡起来翻了几页，便慌慌张张地丢回原来的位置。他的双手不停地搓动，偶尔也腾出一只手来抓抓花白的头发。在我们的父亲看来，我妻子古怪的声音不亚于一声声惊雷。最后，我们父亲的手落到挎包上，他才变得镇静下来。他掏出烟斗和烟丝准备抽烟。我说，你的儿媳已经怀上了你的孙儿，屋内不准吸烟。他脸上挤出一丝苦笑，烟末从他的指间滑落。他只好离开沙发，走到阳台上。

我猜想我们的父亲会站在阳台上抽一杆烟。但是等了好久，我没有看到烟雾从阳台上飘起来。我们的父亲在阳台上喊我。他没有喊我现在的名字，而是喊我的小名。我应声来到阳台。我们的父亲从头到脚把我认真地看了一遍，然后把填满烟丝的烟斗递给我说，我没带什么东西给你，装一杆烟给你抽吧。

我接过烟斗，狠狠地吸了一口，那些烟雾沿着我的脸庞往上爬，一直爬进我的头发里。我们的父亲站在一旁盯住我的嘴唇，看我吸烟。我发觉我们的父亲根本没有把这里当作他自己的家，他有些紧张、羞涩和不习惯。我吸了几口之后，把烟斗递到我们父亲的嘴里。我们的父亲吸了两口，又把烟斗递给我。就这样，我和我们的父亲一人一口，轮换着把那锅烟抽完。

这时，我听到了电话铃声。电话是 A 打来的，A 是我的领导。A 问我，吃过晚饭没有？我说，吃过了。A 说，吃过了就好，你马上收拾一下行李，跟我出差。我想对 A 说我们的父亲刚来，我的妻子现在正在呕吐，出差能否推迟到明天？但是我想了想，还是没有把想说的话说出口。

搁下话筒，我把目光投向我们的父亲，说，小凤就拜托你了。小凤是我妻子的名字。我们的父亲举起那根烟斗轻轻地一挥，说，你放心地出差吧，把差出好啰。

事实上，我和A以及司机这个晚上并没有离开我们居住的城市，我们躲在长城酒店的一间小包厢里唱歌跳舞。这是A的有意安排，A迷上了酒店里的一位小姐。我虽然跟随A多年，但始终揣摩不透A的心思。我不知道我们的出差是到此为止呢，还是继续走下去？A似乎看出了我的疑惑，说，等出完这趟差，你的事情就解决了。我说，什么事情？A说，提拔的事。A说这话时，我突然觉得A像我们的父亲。于是我抓起话筒，拼命地歌唱。我的声音一个一个地钻进话筒，然后变成炸弹，在话筒的另一端炸响。声音如水，淹过我们的脚面、颈脖和头顶，最后把整个包厢淹没。A朝我露出宽慰的笑，呐喊声使我们彼此感到安全和信任。

从这个晚上开始，我跟A就算正式出差了。转了几天，我们转到了湘西张家界。A对我说，不要往家里打电话，不要让单位和家里知道我们在什么地方。A的游兴极佳，我只好陪着他高兴，但我的内心却忧心忡忡，担心我的妻子和我们的父亲。有时，我的胸口会莫名其妙地慌张。我想对A说我们快点回去吧。这样想了好几次，又犹豫了好几次，最终还是不敢跟A说。A甚至不让我离开他半步，他把我当成他的心腹，就连玩女人和撒尿，他都不回避我。

二十多天之后，我才回到家里。看见我的妻子小凤精神抖擞地站在厨房里炒菜，我于是长长地松了一口气。小凤看见我，脸色刷地白了，捏在手里的汤瓢当地一声掉到地上。小凤说，我们的父亲不见啦。我说，我们的父亲好好的，怎么就不见了呢？他会不会在姐姐家，或者大哥那里？小凤说，都不在，我已经给他们挂了电话，他们都说不在。他们还在电话里责怪我们。

小凤对我说，大约在你出差的第三天，我们的父亲开始变得狂

电视剧《我们的父亲》剧照

躁不安。他从客厅走进你的书房，又从书房走到客厅，整整三天时间他没抽一杆烟，没喝一口酒。我对他说，父亲你要抽烟的话你尽管抽，你要喝酒的话酒柜里有。我们的父亲说这几天我没有什么胃口，就是想你的姐姐和我的外甥，明天我就回县城，到你的姐姐家去住几天。

后来我才知道，小凤当时并不是这样说的。小凤当时说，爸，如果你的烟瘾发作了，你就到阳台上去抽。要想喝酒的话，自己拿，酒柜里有。我们的父亲说，我这一辈子什么都不瘾，就瘾一口烟。现在你怀上我的孙子了，我也不好在你这里抽烟，明天我就回县城，到你姐姐家去，她的儿子已经五岁了，估计她会让我在家里抽烟。小凤当即从小提包里抽出一百元钱说，爸，如果你实在不习惯这里，还不如到姐姐那里散散心。这一百块钱，你拿去做车费。我们的父亲第二天早上离开我的家，他把那一百元钱压在了冰箱上。

我赶到姐姐家的时候，姐姐一家人正围在饭桌边吃晚饭。姐夫是县医院的院长，我的到来并没有引起他多少注意，仿佛我们的父亲不是他的岳父，我们父亲的失踪和他没有任何关系。他把头埋在碗里，只顾大口大口地吃饭，连眼皮也不抬一抬。两分钟之后，姐夫放下碗筷说，还有一个手术等我去做，你们姐弟慢慢聊吧。姐夫一边说话一边走出家门。我看见他古怪地朝我笑了笑，便顺手把门带上了。

姐姐仍然坐在饭桌边，她正在督促她的小孩陈州吃饭。陈州的目光不时从餐桌边跑过来，他嘴里含着饭，但还不停地叫我舅舅。姐姐说，爸到我这里的时候，已经是下午六点了。当时我正在厨房里做饭，听到门铃响了三下，我就跑出来开门。我看见爸满身尘土，什么也没带，只带了一只军用挎包。我叫爸坐到沙发上，打开电视让他看。在我做饭的过程中，爸曾两次跑到厨房门口看我。我说爸你是不是饿了？爸说没有，我看你一眼就走，我还是到你哥那里吃饭算了。我说饭快做好了，你就等一等，吃完饭再走。爸拎起他的军用挎包，说不用啦，我走啦。那时，我的手里正端着一碗汤，你的姐夫还没有下班。

后来我才知道，那个傍晚，我们的父亲曾经坐到姐姐家的餐桌边。姐姐家的餐桌上摆满饭菜，姐夫、陈州、我们的父亲和姐姐都端端正正地坐到餐桌边。大家的目光都落到姐姐的手上，姐姐正在用酒精棉球为筷条消毒。姐姐擦干净第一双筷条，把它递给姐夫。第二双筷条，姐姐递给陈州。第三双筷条，姐姐自己留下。第四双筷条，姐姐没有擦酒精，她直接把它递到父亲面前。父亲接过筷条，重重地拍了一下桌子，然后离开。

我暗自揣摩我们的父亲离开姐姐家时的心情，我甚至想重走一下姐姐家与大哥家之间父亲走过的路线。我们的父亲离开姐姐家时已是黄昏，夜幕盘旋在他的头顶上。他会选择一条什么样的路径，从姐姐家走到大哥家呢？最近的或是最漫长的？

跨进大哥的家门，大哥正在擦手枪。大哥看了看门框下站着的我，突然把手枪举起来，对准我的胸膛。大哥是县公安局局长，他经常把他的手枪指向他想指的目标。大哥的手枪在灯光之下发出幽蓝的光。我说，大哥，是我，我是老三。大哥缓缓移动手臂，直把枪口对准他家的那一台画王彩电才停住。大哥说，我想杀人。大哥的说话声中夹杂着手枪的一声空响，而电视荧屏上此刻正在播放一条各国首脑会晤的消息，《新闻联播》已进入尾声。

我说，大哥，你知不知道我们的父亲失踪了？大哥把他的头埋在他的手掌里，说，怎么不知道？许多失踪的人，包括那些被拐卖的妇女儿童，我都把他们找了回来，可是对于我们父亲的失踪我却毫无头绪。我说，父亲是从你这里失踪的，你必须把他找回来。大哥不停地摇头，摇得很勉强、很生硬，好像他的头不是自然晃动，而是有两只手强行扳动似的。我问大哥，最后一次见我们的父亲是什么时候？大哥说，他记不清楚了。在大哥的印象中，我们的父亲根本没有来过他这里。我想这不大可能，我们的父亲不会无缘无故地从这个世界消失。

嫂子从卫生间里走出来，她刚淋浴完。嫂子用手拢了拢她的头发，坐在大哥身边，一股特别的浓重的香味从她身上散发出来。嫂子说，我们的父亲曾经来过，大约是十天前。那时大哥不在家，我们的父亲很晚了才敲开大哥家的门。嫂子问我们的父亲吃过晚饭没有？我们的父亲说吃过了。我们的父亲一边说吃过了，一边朝卫生间张望。我们的父亲动了动嘴唇，对嫂子说老大他真的不在家？嫂子说真的不在。

我们的父亲当时很失望，说他不在就算了，我上一下厕所。我们的父亲冲进厕所，大约蹲了半个小时才从厕所里走出来。嫂子说，我们的父亲当时气色很好。我们的父亲并没有在大哥家住下来，他说明天要赶早班车，今夜必须住到旅店里。嫂子问他，明天要赶到哪里去？我们的父亲说他要到城市里找我。他说，老三的爱人快要生小孩了，我去看看他们，顺便带两套小孩的衣服给他们。嫂子说，我们的父亲还把那两套黄色的小人衣服掏出来给她看，问她颜色好不好？适不适宜初生婴儿穿戴？

我们的父亲就这样挎着他的军用挎包，走进了夜色浓重的县城，走向了我们不知道的地方。

第二天中午，我坐在县城一家小炒店里吃午饭。我拒绝了大哥、

电视剧《我们的父亲》剧照

姐姐以及朋友们的邀请，独自一人坐在小炒店里。一个留着披肩长发、穿着拖鞋的人走到我面前，叫了一声叔叔。我抬起头，认真地打量他。他的头发上沾满尘土，衣服敞开着露出棕黑色的长毛的肚皮，嘴里叼着一支香烟。他用右手的拇指和食指把烟从嘴里拉出来，咧嘴一笑，说，你不认识我了，叔叔。他的笑使我想起远在故乡的一个远房哥哥。我终于记起他来了，说，庆远，你跑来县城干什么？他说，打工。他说这话时，又把香烟塞进了嘴里。

我让他坐在我的对面，给他添了一只碗、一双筷条。他说，叔叔，我想喝一杯白酒。我又叫服务员给他添了一只杯子。我问他在县城里都干些什么工作？他说，扛麻包、卸货、埋死人，只要有钱，什么都干。

我告诉庆远这次从省城回县城，是为了寻找我们的父亲——他的叔公。庆远喝了一杯酒，脖子和脸全都红起来了，似乎是来劲了。他说，十多天前，我埋过一个人，倒有点儿像叔公。我问他，从哪里弄出去埋的，是谁叫他扛去埋的？他说，是从医院的太平房扛出去的，那几天天气很热，那个人已经发胖而且有一点儿发臭了。据医院的人说，他是在街上摔死的，没有家属认领。我问他，不至于不认识叔公吧。他说，死人的身上裹着一床席子，直到把他丢进土坑的那一瞬间，我都还想打开席子看看那人的模样，但他的气味太重了，我最终没有打开席子。我不知道他是叔公，是用脚把他踢进土坑里的。埋到一半的时候，我发觉死人露出来的一只脚上挂着一只布鞋，那布鞋很像叔公平常穿的。

我把杯子里的酒泼到庆远的脸上，说，你为什么不打开看一看？你为什么这样对待叔公？庆远举起双手，在脸上抹来抹去，似乎是很委屈。庆远说，我不确定他是叔公，我只是猜测。

我拉起庆远，我们直奔县医院太平房。太平房的门敞开着，里面烟雾缭绕，有几缕断断续续的哭声夹杂在烟雾里。屋里的灯光很暗，我站了好久才适应过来。我看见五六个年轻人相拥而哭，他们的亲人躺在水泥平台上，上面盖着一张洁白的床单。我走到水泥平台边，揭开覆盖死人的床单，看见死的是一位中年妇女而不是我们的父亲。那些哭泣的人都把脸转向我，他们哭泣的、悲伤的面孔变成了愤怒的面孔。

庆远把我引向一个角落，我看见一只军用挎包，上面绣着“一不怕苦，二不怕死”八个金光闪闪的大字。我打开挎包，终于看见我们父亲的烟斗、烟丝以及两套黄色的童装。我用挎包捂住脸，泪水夺眶而出。

我把我们父亲的那只军用挎包砸到姐夫的桌子上。姐夫的眼皮猛地跳了一下，身体随之颤抖起来，一种悲伤的神情在姐夫的脸上停留了大约几秒钟。姐夫说，近一个月来，几乎每天死一个，我怎么知道摔死的是我的岳父？我说，你是院长，我们的父亲就躺在你的太平房，躺在你的眼皮底下，你都不知道。我不知道我的姐姐当初怎么选中了你？姐夫突然冷笑一声，说，这与爱情无关。

看得出姐夫不想跟我争论，他说，不就死了一个人吗？在医生们的眼里，死岳父和死一个陌生人是一回事。

我跟姐夫、庆远赶到大哥的办公室。大哥看见我的手里提着我们父亲的那只挎包，目光唰地拉直了。大哥夺过挎包，说，出什么事了？姐夫说，爸死了。大哥的牙齿咬住下嘴唇，咬了好久。但大哥没有哭，眼眶里没有一点儿水分。姐夫说，爸是摔死的，你们公安局一定有记录。

大哥调来电话记录本，一页一页地往下翻。翻着翻着，大哥的

电视剧《我们的父亲》剧照

手僵住不动了。我和姐夫凑到电话记录本上，看见了县公安局九月十六日的电话记录。

发话人：河西派出所付光辉

接话人：谭盾

内容：今夜八点四十分（二十点四十分），我在十字街口下坡处发现一摔倒的老头儿。当时围观者众，我挤进人群后，看见一踩三轮车的中年男人把摔倒的老头儿抱上三轮车，并送往县医院。老头儿头发全白，身高一米六五，身穿浅灰色衬衣，黑色裤子，脚蹬一双布鞋。半个小时后（二十一点十分），医院打来电话，说该老头儿送到医院时已断气，无法抢救，现停在医院太平房里。老头儿随手携带一只军用挎包，内有一个烟斗、一小袋烟丝、两套黄色婴儿衣服。

领导签字：请河西派出所派人到医院拍照、验尸，并以县公安局名义发协查通报。

东方红

东方红是我大哥的名字。这个响亮的名字是我们的父亲为他取的。现在，他的名字仿佛签到了我们父亲的尸体上。

大哥的目光停在这一页电话记录上，久久地没有移开。大哥说，从这页记录上看，怎么也看不出是我们的父亲。老三，如果你当公安局局长，你能从这百来个字上面，看出来是我们的父亲吗？大哥用一种哀求的目光看我。我一言不发。

星期天早上，我和姐夫、大哥以及庆远抬着一口棺材上了县城的后山坡。我们决定把我们父亲的尸骨挖起来，装进棺材里，然后

电视剧《我们的父亲》剧照

重新安葬。我庆幸这个小小的县城至今还未实行火葬，我们的父亲因此而没有那么快变成土地的肥料。我们至少还可以看到我们父亲的尸骨。

大约走了一个小时，我们来到埋葬我们父亲的土堆边。庆远指着那一堆崭新的黄土说，就在这里面。

我们小心翼翼地扒开泥土，都憋住气等待我们的父亲出现。可是，把那些松动的新泥扒完了，我们仍然看不到父亲，土坑里一无所有。我们用疑惑的目光盯住庆远。庆远左右上下看了看，坚定地说，是这里，没错，是这里，我是用脚把他踢到坑里去的。庆远说着，把头扑到土坑里，鼻子抽了抽。庆远抓起一把泥土，茫然地站着，说，奇怪啦，我明明把叔公埋在这里，怎么就不见了呢？如果不是埋人，谁会来这里挖这么大一个土坑，又垒这么大一堆黄泥呢？

我们的双腿突然软下来，一个一个地坐在新翻的泥土上。四双眼睛盯住那个土坑，谁也不想说话。我们似乎都在想同一个问题：我们的父亲到哪里去了？

双份老赵

老赵其实不老，“老”只是一个亲切的称呼，相当于“阿”。他长着二十多岁的头发、三十多岁的皮肤，却具备了一百岁的智慧。自打识字那天起，他的脸上就出现了思考的表情。这种表情一直保持到现在，如果不小心辨认，还以为来自他父母的基因，但实际上却是他勤于皱眉头的结果。

七年前，小夏亭亭玉立，说漂亮有漂亮，说气质有气质，是某家银行的职员。尽管追求她的男子排了长长一列，却没一个被她相中。原因是他们要么长得太白，要么显得幼稚，无法给她一种落地的感觉。直到老赵这张思考型的脸庞出现在窗前，她的心里才“咯噔，咯噔”。开始，老赵也不是来给她“咯噔”的，而是来存款、取钱。因为经常来，彼此由点头到交谈，渐渐地就混熟了。熟到差不多的时候，小夏劝老赵把钱全部存入本行。老赵说：“不能把所有的鸡蛋都放一个筐里，万一没拿稳，那就只剩下我这个蛋了，穷光蛋的蛋。”

这是排名数一数二的银行，哪怕所有的银行都倒闭了，也轮不到它倒闭。更何况老赵的那点儿钱就像沧海一粟，无论存进去或者取出来都不影响银行的总量。小夏觉得他多虑，甚至认为他不信任自己。老赵说：“我可以信任一个人，但不可以信任一个集团。”而小夏偏偏把银行当亲爹，并用它来检验老赵的忠诚度。老赵问：

“难道喝一口茶，连杯子也要一起吞下去吗？”

小夏说：“单位就像我的衣裳，你不会只爱我的身体吧？”

老赵于是又存了一笔定期。小夏问他是不是把全部都存进来了？老赵气得直打喷嚏，忍不住给她上课：“就像一个人不能只有一个信仰，否则，委屈的时候你都找不到安慰的理由。一家人不会同时上一条贼船，也不会同时坐一架飞机。为什么那么多人要找干爹？民间说法是保自己长命，而真正的原因却是多个干爹多条后路。”小夏被这剂猛药呛得连声咳嗽。她终于落地了，心像踩在水泥地板上那么踏实。不过结婚之前，她还得考验考验老赵。

小夏打开地图，指着最远的地方——麦哲伦海峡，说：“怎么样？”老赵说：“只要你开心，下个月就去。”小夏感动了，手指在地图上跳舞，舞着舞着，就舞到了夏威夷群岛。她说：“我心疼钱，还是选近一点的地方吧。”老赵一拍桌子，整个太平洋都倾斜了。他说：“看不起人是不是？知道吗，你花谁的钱，谁就是交桃花运。”小夏的手指立即从夏威夷起飞，这回跳的是芭蕾。手指优雅地划过高山，越过海洋，像两只白天鹅落在桂林的山头。“就这吧。”小夏说。老赵被小夏变化的速度搞晕。他用一秒钟倒了倒时差，说：“对我的钱包，请你务必做到浪费光荣，节约可耻。”小夏笑了：“浪费你的，那不就等于透支我的未来吗？”

最后，他们选择了西部的一座山峰。那是个热门景点，好多名人和有名字的人都去爬它。有位著名的董事长，每个季度都带着一群记者去爬，每爬一次，公司的股票就连续涨停三天。老赵和小夏也想让他们的感情股涨一涨，于是都跟单位请了假。登机之前，老赵为每人买了两份保险。小夏看在眼里，喜在心尖尖。她一坐上飞机，就把脸靠住老赵的肩膀，死心塌地做他的零件。渐渐地，靠的和被靠的部位都有些麻，但是，谁都舍不得动一动。他们只用一个姿势就完成了一千多公里的飞行。

到了山下旅馆，小夏惊呼：“糟糕，我只预订了一间房。”老赵说：“难道还需要第二间吗？”“当然，我是有原则的。”说这话时，小夏把嘴认真地噘起来，不像是反话正说。老赵问总台还有没有多余的房？服务员说：“房间都必须在十天前预定。”老赵双手一摊，耸了耸肩膀，恳请服务员为他在走廊上加张床。服务员说：“不可以在走廊上加，但可以加在房间里。”老赵像领到结婚证那么高兴，扭过头来征求小夏的意见。小夏说：“我一紧张就会失眠，一失眠就没力气爬山。”老赵说：“出来就是想放松，你先别紧张，千万千万别紧张……”

晚饭后，老赵跟着小夏进了房间。他们一个坐在椅子上，一个坐在床头，面对面地聊了起来。老赵越聊越来劲，不仅语速加快，而且满脸通红，仿佛雄鸡高唱，要这么一直唱到天亮。但是，小夏却聊得很不专心，她在为老赵今晚睡什么地方而不停地开小差。老赵说：“既然当时你只订一间房，那就说明你早已默认同吃同住这一事实。”小夏摇头，两手紧紧地抱住自己的双肩，忽地就缩小了，小得像只蚂蚁，让老赵和她的距离顿时变得遥远。老赵问：“难道你真不希望我住在这里？”小夏的头立刻变大，它毫不含糊地点了一下。老赵又问：“你确定？”小夏连连点头。凡事都问两遍，这是老赵多年养成的习惯。他说了一声“晚安”，便抬屁股，拉行李箱。小夏问他去哪？他说：“睡觉。”小夏说：“不是没房了吗？”老赵说：“我就怕你在关键的时候讲原则，所以出发前也预订了一间。”小夏惊讶得眼珠子都快掉了。她佩服老赵，甚至崇拜。

爬山的时候，每人只带一瓶矿泉水。由于小夏没经验，每次饮

电影《双份老赵》剧照

水量明显偏多。还没爬到山的五分之一，她就把一瓶水全喝干了。老赵告诉她，凡是有爬山经验的人，只用水来润润喉咙，绝不能牛饮。小夏责怪他为什么不早说？老赵从包里掏出另一瓶："因为我早有准备。"爬到一处陡坡，小夏的手被带刺的灌木划破，裂开的口子渗出血来。老赵赶紧从包里掏出创可贴，封堵她的伤口。小夏说："你想得真周到。"老赵说："必须的。"

一路上老赵连扶带拉，总算把小夏带到了半山。到了这个高度，他们的视线就开阔了，野心也开始膨胀。看着周围被比下去的山峰，小夏一高兴，嚷着要爬到山顶。坡越来越陡，脚下打滑的次数越来越多。有时，他们的一只脚上去了，另一只脚却滑下去老远，仿佛要分裂身体，闹"腿独"。这样劈叉多了，小夏的裤裆便"嗞"地一声裂开了。"还名牌呢，这么不经劈。"她发着牢骚，赶紧蹲下，一步也不敢移动。尽管小夏已多次领教老赵的细心与周到，但这一次她是再也不敢奢望了。万万没想到，老赵竟然从背包里掏出了针线。小夏一边缝着裤裆，一边想还有比他更可靠的男人吗？没有，绝对没有。

当晚，小夏就叫老赵退掉另一间房。他们终于合并了。高兴的事大都相同，这里只说一件不高兴的。临回程的前一天，他俩到商店购物。老赵花了五千元为小夏买了一只玉镯。小夏当场把玉镯戴到手腕子上，频频摇晃，似乎要从上面摇出一首歌来。但是，没等小夏高兴完毕，老赵就偷偷地折回去，又买了一只和她手腕子上相似的镯子，连价格都一样。小夏想多买的那只肯定不是送给他亲人的，否则他不会偷偷摸摸。那么，只能说他还有见不得光的女友。小夏压住心中的不快，计划在回去半月之后再审他。半个月的时间，他真要是"见光死"，就会把镯子送出去了。到那时……哼，即使他的脑子转得比计算机还快，恐怕也很难狡辩吧。

旅游归来，老赵每三天就跟小夏提一次结婚，就像一只准时的闹钟。他一共闹了五次，小夏便说：“坦白从宽，抗拒从严。你能不能先交代那只镯子？然后，再来跟我谈婚姻。”老赵的脸红得比闪电还快，仿佛偷东西被人当场拿下。小夏真以为自己抓住了窃贼，心有余悸地说：“差一点儿，我就嫁给你了，好险！”老赵额头上的汗“噌噌噌”地往外冒。小夏像猫看老鼠那样看着他，问：“是不是送给前女友了？”老赵抹了一把额头汗，支支吾吾地说：“从头到脚，我就这么一点儿秘密，你……能不能给我留住？”小夏说：“要么爱秘密，要么爱我，A 或者 B，你只能二选一。”

老赵只好从柜子里拿出那只玉镯。小夏说：“天哪，你怎么还没送出去？速度也太慢了吧。”老赵说：“为什么一定要送人？”小夏说：“难道就为了锁在柜子里？”老赵说：“我是怕你的那只丢了，或者碎了，才又买了这只。如果你高兴，一只手戴一个，两只手可以同时漂亮。”小夏的脊背轻轻一颤，那是被感动的信号，但她仍然强迫自己保持足够的警惕，说：“你骗人。”老赵把柜门敞开。小夏看见柜子里摆满物品，有小时候用过的布娃娃，有中学、大学的毕业证，有奖状、邮票、相册、移动硬盘、钥匙、存折、保险单、速效救心丸、相机和手表等等。凡柜子里的统统双份，只有手表是单身，因为另一只正戴在老赵的腕子上。小夏顿时结巴。她说：“原……原来，你喜……欢收……藏。”老赵摇头，说：“多年来，我像保护内裤一样保护这个秘密，没想到还是被你撬开了。我担心这些东西丢失，就多备了一份，这样心里巨踏实。”

还用得着考验吗？小夏心里现在是双倍的踏实。冬天，他们把婚结了。由于老赵还保持着买双份的习惯，所以他们经常要像资本家那样，把多余的牛奶或者豆浆倒掉。小夏看着白花花的液体，仿佛看到了奶牛和挤奶姑娘，甚至还想到了弯腰种豆的农民，心里实在不忍，于是就咬牙喝下去。天天这么喝双份，吃双份，她不仅口腔上火，还感到胃胀。一次，她稍微把嘴巴开大了一点儿，胃就撑得像个气囊。她站也不舒服坐也不舒服，胃是越来越痛。老赵不得不把她送去急诊。吃了药，打了针，她的胃才慢慢愉快。胃一愉快，她就拍老赵的头，说："你想让我胃下垂呀？我是来跟你生活的，什么叫生活？不光是吃吃喝喝，还包括精神内容。我又没两个胃，你干吗天天买双份？你要是再这么买下去，我就不让你上床。"

老赵响亮地答应，果断地执行。但习惯毕竟是习惯，它经常让老赵情不自禁。有时回到楼下，老赵才发现自己犯错。于是，他把多买的那份菜呀肉呀什么的顺手送人，也不管认不认识，人家愿不愿意，反正他见谁送谁。因为送得不合情合理，再加上他的动作有点儿神秘，人家还以为他想用小恩小惠勾引正经女子。一天傍晚，四下无人，老赵提着一堆菜站在凛冽的寒风中不敢上楼。忽然，他看见一女的从楼门走出来倒垃圾，便把多买的那份菜不分青红皂白地塞过去。那人问："什……么意思？"他说："帮帮忙，别让我老婆知道。"那人一跺脚，说："我就是你老婆。"老赵这时才看清，原来真是小夏，吓得手里的菜全撒在地上。

小夏跳脚拍墙，震怒。她没收了老赵的工资本，取消了他的购物权。老赵一下就消极了，连幽默都存了定期。他衣来伸手，饭来张口，家务基本不做，每天就懂得感叹："还能有什么作为？"小夏说："你可以跑步。"老赵说："反正又跑不过刘翔，跑步干吗？"晚饭后，他躺在沙发上看电视。一个姿势，十个夜晚，皮沙发上留下了他臀部和肘部的凹坑。小夏说："你还想不想当爸？"他说：

“想呀，想得一听到有人叫爸我都答应。”小夏说：“那还不赶快起来培育种子？”老赵一激灵，从沙发上弹起来，发现还有一件人生大事没完成，当晚就跑了两公里。一连跑了几天，老赵觉得不能光有良好的种子，还必须具备优质的土壤。于是，他把小夏拉出来一起跑。除了跑步，他们还打羽毛球、做俯卧撑、引体上向、冬泳、爬山、骑自行车，好像不是在为造人做准备，而是要参加奥运会的全能比赛。

他们选好孩子未来的星座，掐准孩子将来入学的时间，然后倒推八个月，用发射火箭那样的精准态度，锁定一个夜晚。他们就要播种了！但是，当双方的情绪都高涨难耐的时候，老赵忽然罢工，从床上坐起来。小夏说：“是不是要我付小费？”老赵说：“我不能只有一个孩子。”小夏说：“计划生育，只准一胎。”老赵说：“再准备准备，也许你能怀上双的。”小夏说：“为什么非得双的？”老赵说：“因为一个孩子太孤单，因为我不敢保证孩子将来不患绝症、不被误诊、不出车祸、不遇自然灾害、不被误伤、不被误判、不被强拆……所以，我需要双的。”小夏听得脊背发凉，紧紧搂住老赵，说：“老公，我同意怀双胞胎，但今晚你必须把该做的事做完。”老赵戴上一个套子，想想，又戴上一个。小夏说：“有必要同时穿两双袜子吗？”老赵说：“谁敢保证戴一个不漏油？万一碰上次品，你就没怀上两个的机会了。”

除了继续锻炼身体，小夏还定时服用药片。资料表明，那些药片能促进排卵，增加激素，极可能为老赵同时提供两个靶标。但是，人不胜天。一年后，他们的孩子出生，不是双的，而是一个非常漂亮的女孩。老赵和小夏爱得不行，即使孩子睡觉也舍不得放到床上，而是轮流抱在怀里。从此，老赵不再买双份，而是尽量想法子把一

电影《双份老赵》剧照

块钱掰成两块钱来花。孩子犹如灵丹妙药，一下就把老赵的习惯治好了。

就像房价似的，孩子一天一长，天天长月月长，到她三岁的时候，原先可以买一套房的钱只能买一个客厅了。小夏指着孩子问老赵："你打算给她留点什么？"老赵满脸迷茫，说："还没到留遗嘱的时候吧？"小夏说："我是说房子，你能不能给她留一套房子？"老赵说："我想买房，但钱不答应。"小夏摊开手掌伸过来，像是乞讨。老赵的身子往后一闪，说："我真的没钱了。"小夏说："不是还有一本存折吗？我在柜里看见过的。"老赵说："你怎么不按常理出牌？我现在已经不买双份了，按理你应该把工资本还我才是。"小夏说："房价飞涨，我们再不整合资金，将来连一间厕所都买不起。"老赵像性饥渴的男女那样不经劝，一眨眼就从手包里掏出存折。小夏把两个人的四本存折打了合计，然后递给老赵，说："选套房吧，不够部分，到我们行去按揭。"老赵屁颠屁颠地选了一套现房，立即请人装修。新房的甲醛一放干净，他就拿到了一张出租合同。合同上的收入正好填了按揭的窟窿。他们现在有收入，未来有投资，生活惬意，举止优雅，谁都不说粗口话，更不会骂房价上涨。

一天，小夏在打扫房间的时候，发现老赵柜子里的物品全都变单了，连那只玉镯也不见了。小夏问老赵："难道它们有脚，自个出门旅游去了？"老赵说："为了买房，值钱的都卖了，不值钱的都丢了。"小夏将信将疑，趁老赵不在家翻箱倒柜，寻找那些物品。越是找不到，她就越好奇越不服气，甚至连当侦探的念头都产生了。她把家里的抽屉全都拉出来，倒扣，发现一串崭新的钥匙被透明胶带粘贴在底板背部。为什么要把钥匙藏在这里？显然是不想让我知道。为什么不想让我知道？肯定是有秘密。小夏一把扯下钥匙，反复地看了一会儿，转身冲出门去。

自从新房开始装修，小夏就没来过。她既是避甲醛，也是避噪音，更是因为照顾孩子没得空闲。现在，她急火攻心地来了，钥匙还没插进锁孔，魂已钻进房间。或许是着急的缘故，第一下，她手里的钥匙没把门扭开。她扭第二下，锁头不动。她真不希望锁头转动！但是，第三下，就在她准备高兴的时刻，门却“哒”地一声开了。客厅里，所有的家具包括摆设，都和她家里的一模一样，连窗帘、地板的颜色和款式都与那边的相同。不小心，她还以为自己碰上了那个家。她踮起脚后跟，轻轻地走进来。鞋柜一样，冰箱一样，厨柜一样，就连抽屉里装的东西也没多大区别。次卧一样，书房一样。小夏打开书房里的柜子，看见从那边消失的布娃娃、毕业证、奖状、邮票、相册、移动硬盘、钥匙、保险单、速效救心丸、相机和手表等等，全都摆在这边。原来，老赵偷偷摸摸地把家给复制了。主卧的门关着。小夏来到门前，叮叮当当地选择钥匙。门忽地开了。小夏惊得一倒退，发现开门的竟是自己。天哪，她长得就像是我的亲妹妹！她们相互打量，仿佛在照镜子。照着照着，她们的目光都分别落在了对方的左手腕子上。

二〇一〇年十月二十八日

附：依据《耳光响亮》改编的影视剧照

电视剧《响亮》剧照

电视剧《响亮》剧照

电视剧《响亮》剧照

电视剧《响亮》剧组照

市少管所

电影《姐姐词典》剧照

说　明

本书剧照由以下公司提供：

广西满地乐影视文化有限公司、北京紫禁城影业公司、中国文联音像出版社、河池电视台、北京世纪喜讯文化发展有限公司。

本书所附剧照及演员排名不分先后。